KB196064

The Special Bonbon Chocolat Case

하

冬期限定
ボンボンショコラ
事件

TOUKI GENTEI BONBON CHOCOLAT JIKEN
(THE SPECIAL BONBON CHOCOLAT CASE)
by Honobu YONEZAWA

요네자와 호노부

The Special Bonbon Chocolat Case

겨울철
한정
봉봉 쇼콜라
사건

하

冬期限定
ボンボンショコラ
事件

김선영 옮김

엘릭시르

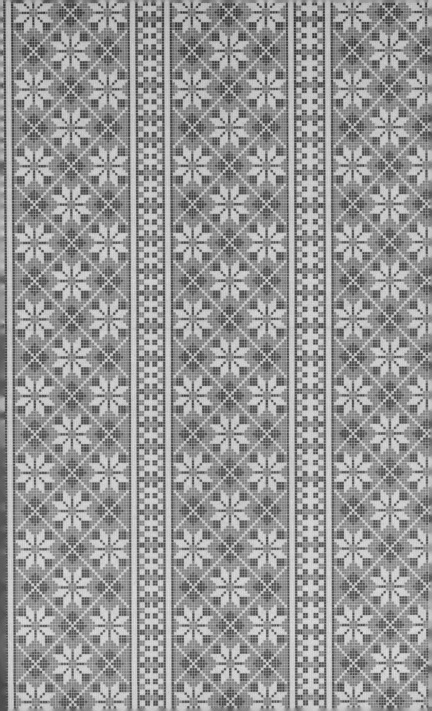

차
례

The Special
Bonbon Chocolat
Case

● 현장 주변 약도

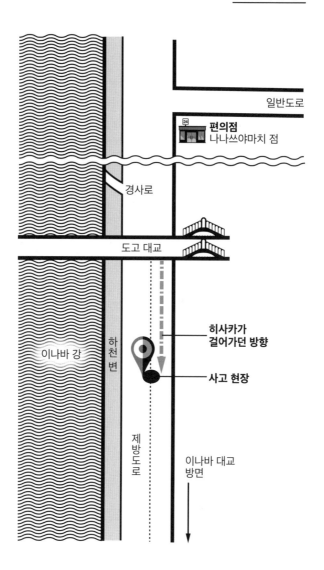

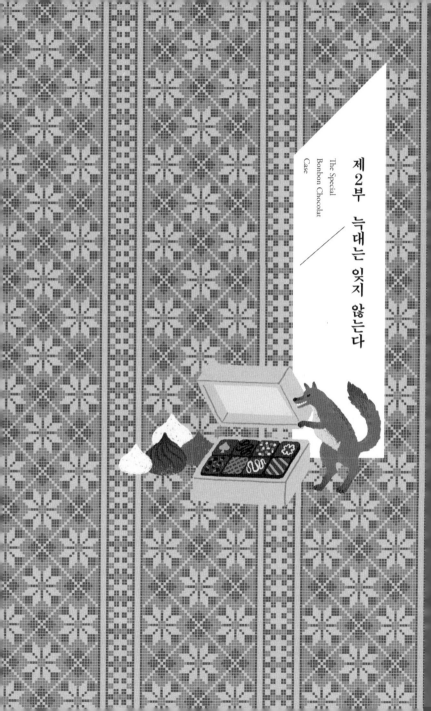

제 2 부   늑대는   잊지   않는다

The Special
Bonbon Chocolat
Case

제6장

근거 없는 의심

　짧은 머리 간호사가 아침 식사를 가져다주었다. 새콤한 양념을 곁들인 청어튀김과 감자 샐러드였다. 매일 보고 있으려니 배식은 속도가 관건이라는 사실을 뼈저리게 느꼈다. 간호사는 정중하고도 신속하게 식사를 차려주었다.

　문득 간호사의 얼굴이 붉다는 것을 알아차렸다. 특히 콧등과 눈 밑이 불그스름했다.

　"스키를……."

　"왜 그러세요?"

　간호사가 손길을 멈추고 누가 봐도 업무용인 미소를 지어보였다.

　"아뇨, 아무것도 아니에요."

간호사의 얼굴에 붉은 기가 도는 것은 햇볕에 그을린 탓이 틀림없을 테고, 이 계절에 햇볕에 그을린 이유로 스키나 스노보드를 떠올리는 것이 그리 엉뚱한 발상은 아니리라. 하지만 어제 마부치 씨에게 쓸데없는 소리를 했다가 긴장감이 감돌았던 것을 생각하면 괜한 소리를 할 필요는 없다.

간호사가 식사를 차려주고 병실에서 나가려 했다. 이번에는 확실한 이유가 있어서 간호사를 불러 세웠다.

"저기."

대답은 똑같았다.

"왜 그러세요?"

내 식판에는 생선 반찬과 감자 샐러드, 밥과 된장국이 놓여 있다. 나는 간호사에게서 시선을 돌리려고 식판을 바라보았다.

"물 좀 주실래요?"

몸을 움직이지 못하면 혈액순환에 좋지 않으니 물을 꼭 챙겨 마시라고 했다. 간호사는 아차 싶었던 듯 순간 얼굴을 찌푸리더니 바로 미소를 되찾았다.

"잠시만 기다리세요."

간호사는 금방 플라스틱 컵에 정수기 물을 따라주었다.

물 한 잔 따르는 것도, 양치질도, 몸을 닦는 것도, 화장실

겨울철 한정 봉봉 쇼콜라 사건 (하)

마저, 생활의 거의 대부분을 이 간호사에게 의존하고 있다.

빨리 낫고 싶다.

수저를 들고 천천히 식사를 마쳤다. 물도 시키는 대로 다 마셨다. 몇 분 뒤 같은 간호사가 돌아와서 식판을 치워주었다. 나는 다섯 알 남은 봉봉 쇼콜라 중에서 한 알을 골라 입안에 넣었다. 오늘 먹은 봉봉의 맛은 플레인 초콜릿이지만 식감이 특이했다. 뭔가 아삭아삭 기분 좋게 씹히는 얇은 알갱이가 초콜릿 속에 들었다. 설명서를 읽어보니 푀이양틴feuillantine*이라는 게 들어 있다는 것 같았다. 그게 대체 뭔지, 오사나이라면 설명해줄지도 모르지만 지금의 나에겐 이 재미있는 식감만으로 충분했다.

하지만 초콜릿의 달콤함은 영원하지 않고 식감 또한 마찬가지다. 이윽고 둘 다 아련하게 사라지고, 나는 또다시 혼자가 되었다.

나는 경험으로 입원에 대한 깨달음을 하나 얻었다.

입원 첫날은 목숨을 건지면 그걸로 다행이다. 둘째 날은 온갖 검사를 받고, 그 결과가 나쁘지 않기를 기도한다. 셋째 날에는 언제 퇴원할 수 있을지 생각하기 시작한다.

---

* 얇고 바삭한 페이스트리의 총칭.

그리고 넷째 날부터는 아무것도 하지 못하는 이 상태가 언제까지 계속될지 불안 섞인 무료함이 덮쳐온다.

그 무료함을 그저 참고만 있을 수가 없어서 나는 눈을 감고 다시 과거의 기억을 더듬기 시작했다. 그나마 공책과 펜이라도 있어 다행이라는 생각을 하면서.

9킬로미터의 제방도로 검증을 마치고 사건 당일 히사카가 서 있던 위치에 대한 중대한 의혹을 알아낸 뒤, 우리는 학교에 두고 온 오사나이의 노트북을 가지러 가까운 버스 정류장에서 학교로 돌아갔다.

탑승한 버스 안에서 우리는 별다른 이야기를 나누지 않았다. 나는 사건의 새로운 국면에 어떻게 임해야 할지 몇 가지 시뮬레이션을 거듭하고 있었다. 오사나이가 무슨 생각을 하고 있었는지는 모른다. 어쨌거나 대중교통·안은 대화하기에 그리 적합한 장소는 아니었다.

학교 근처를 지나는 버스가 아니라서 우리는 적당한 정류장에서 또 십오 분쯤 걸었다. 중간에 달콤한 냄새가 풍겨오는 것 같아 주위를 살펴보니 차도 건너편에 '오구라 암자'라는 가게가 있었다. 간판에는 '가지야마치 점'이라는 작은 글씨도 적혀 있었다. 낯선 길을 걷다보면 낯선 가게도 보게 되는

구나 하며 학교로 가는 발걸음을 서두르려는데, 오사나이가 움직이지 않았다.

"왜 그래?"

그렇게 묻자 오사나이가 날카로운 눈매와 나직한 목소리로 대답했다.

"좋은 가게일 거라는 예감이 들어."

"……배고파?"

오사나이는 아무 말도 하지 않았다.

"말리지는 않겠지만, 노트북부터 가져오는 게 낫지 않을까?"

내 의견이 지당하다고 생각했는지 오사나이는 학교로 걸음을 돌렸지만 내가 알아차린 것만 해도 두 번이나 가게를 돌아보았다.

2시쯤 학교에 도착했다. 제방도로로 가기 전에는 축구부가 운동장에서 연습하고 있었지만 지금은 아무도 없다.

오사나이는 어딘가에 숨긴 노트북을 가지러 학교 건물로 들어갔다. 나는 그 모습을 지켜보며 체육관으로 갔다. 오전에는 운동화 소리만 들렸지만 지금은 그것 말고도 메마른 파열음과, 간헐적으로 묵직한 소리가 들렸다.

굳이 추리할 필요도 없이 묵직한 소리는 드리블하는 소리

다. 농구부가 연습하고 있겠지. 그리고 메마른 소리는 셔틀
콕을 때리는 라켓 소리 같았다. 배드민턴부가 농구부와 체육
관을 나눠 쓰며 연습하고 있는 것이리라. 운이 좋았다.

다만 나는 우리 학교 배드민턴부가 남녀 따로 있는지, 혼
성인지 알지 못했다. 바닥 근처에 환기구가 있어 거기로 들여
다보면 체육관 안을 살펴볼 수 있지만 어쩐지 훔쳐보는 것 같
아 꺼려졌다. 어떻게 할까 고민하는데 갑자기 누가 불렀다.

"뭐 해?"

어깨에 검은 가방을 멘 오사나이가 생각보다 가까이 서 있
었다. 동요를 감추며 말없이 체육관을 가리키자 오사나이는
내가 가리키는 쪽을 힐끔 보더니 바로 의도를 알아차렸다.

"배드민턴부 소리가 나."

"히사카는 입원중이지만 후지데라가 있을지도 몰라."

오사나이가 입매를 살짝 누그러뜨렸다.

"바로 움직이는구나. 적극적인 건 장점이라고 생각해."

영광스러운 평가지만 나는 조금 더 승산을 높이고 싶었다.

"후지데라가 입막음을 당했다면 정면돌파해도 소용없을
거야. 3학년이니 은퇴했을지도 모르지만 우리 반 우시오가
있으면 그 녀석을 통해 이야기를 들어보는 건 어떨까? 경우
에 따라서는 후지데라의 입을 열게 할 힌트를 얻을 수 있을지

겨울철 한정 봉봉 쇼콜라 사건 (하)

도 몰라."

어쩌면 신중한 접근 방식이 오사나이의 마음에 들지 않았을지도 모른다. 하지만 오사나이는 딱히 반대하지 않았다.

밖에서는 체육관으로 들어갈 수 없다. 일단 학교 본관으로 들어가 이유는 없지만 서로 거리를 두고 아무도 없는 복도를 지나, 양호실 앞에 붙어 있는 치아 건강 장려 포스터를 보며 연결 복도로 들어갔다. 체육관 출입구에는 철문이 달렸지만 지금 그 문은 열려 있었다.

연습하고 있는 건 여자 농구부와 남녀 구분이 없는 듯한 배드민턴부였다. 소리로 들은 것과 같았다. 배드민턴부는 보아하니 혼성 복식경기 형식으로 연습하고 있는 것 같았다.

체육관에 들어가려면 슬리퍼를 벗고 체육관용 신발로 갈아신거나, 양말 또는 맨발로 들어가야 한다. 우리는 어느 쪽도 선택하지 않고 문가에서 안을 살폈다. 오사나이가 내 어깨 너머로 체육관을 들여다보았다.

"우시오는?"

우시오를 찾기는 쉬웠다. 코트에서 라켓을 쥐고 있는 네 명 중 한 사람이 우시오였다. 나는 말없이 살짝 그를 가리켰다.

교실에서 보는 우시오는 딱히 눈에 띄는 학생이 아니다. 인기인 그룹의 일원도 아니고, 운동에서도 공부에서도, 문화제에서도 각별한 존재감을 발휘한 적이 없었다. 지금 코트 안의 우시오는 네 명 가운데 가장 침착했다. 다른 세 사람은 의욕을 겉으로 드러내는데 우시오만 차분한 태도로 날아오는 셔틀콕을 담담히 받아 쳤다. 상대가 강력한 스매시를 날려도, 코트 안쪽 깊은 곳을 노리는 로브를 날려도 당연하다는 듯 받아내는 한편, 아마추어가 봐도 찬스로 보이는 뜬공이 날아와도 강하게 치지는 않았다. 한참 지켜보는 동안 하급생의 연습 상대가 되어주고 있다는 것을 알게 되었다.

나는 체육관 벽 앞에 앉아서 코트 안 네 사람을 지켜보는 부원들에게 시선을 돌렸다. 후지데라는 없었다. 후지데라도 배드민턴부라는 추측이 빗나간 걸까?

1학년처럼 보이는 남학생이 스톱워치를 손에 들고 "마지막입니다!"라고 외쳤다. 때마침 가볍게 뜬 셔틀콕을 향해 라켓을 들어올리던 우시오가 마지막은 스매시를 때리는가 싶었는데, 그대로 라켓으로 가볍게 공을 잡아채며 "좋아, 교대!"라고 외쳤다.

우시오는 코트 밖에 있던 가방에 걸어둔 수건으로 땀을 닦고, 교대한 네 명이 코트에 들어가자 손을 들어 신호했다.

"시작!"

시합 형식의 연습이 다시 시작되고 얼마 지나지 않아 우시오가 우리를 알아보았다. 내가 살짝 손을 흔들자 아니나 다를까 우시오는 놀란 듯했지만 딱히 싫은 기색은 없이 다가왔다.

"야, 고바토. 체험 입부하려고?"

우리는 3학년이라 이제 와서 동아리에 들어가기는 늦다. 즉 3학년식 농담이다.

"미안, 동아리 활동중에. 네가 연습을 지휘하는 거야?"

"주장이니까."

그랬나.

"어라, 그럼 히사카는?"

"그 녀석이 주장이라고 한 적이 있었나? 아아, 그렇군, 그 녀석은 에이스야."

주장과 에이스의 차이는 안다. 그것과 별도로 동아리 부장도 있는 건지 조금 궁금했다.

우시오가 말했다.

"그래서, 왜?"

아무래도 우시오는 우리 방문이 불편한 것은 아니지만 길게 이야기하고 싶은 마음도 없는 것 같았다. 연습중에 주장이 반 친구와 길게 떠들 수는 없을 테니 당연한 일이다. 단도직입적으로 말하려고 먼저 오사나이를 소개하려 했다.

"이쪽은······."

내가 손으로 가리킨 방향에는, 아무도 없었다.

말도 안 돼. 방금 전까지 옆에 있었는데. 연결 복도를 돌아보았지만 역시 없었다. 어디로 사라졌지?

우시오가 의아하다는 듯 눈썹을 찌푸렸다.

"왜 그래?"

"아니, 한 명 더 있었는데……."

거북해서 헛기침을 하고 싶었다. 하지만 없는 건 어쩔 수 없다. 범인에게 복수하겠노라 맹세한 동급생은 전부 내가 본 환영일지도 모른다. 현실의 이야기를 풀어나가자.

"히사카 뺑소니 사고 말인데, 몇 가지 알아냈어."

우시오가 순간 떨떠름한 표정을 지었다. 아직도 조사하고 있었냐고 말하고 싶은 기색이었다. 하지만 그 말을 입 밖으로 내지는 않고 그저 고개를 끄덕였다. 나는 말을 이었다.

"하지만 모르는 점도 많아. 나는 2학년 때부터 같은 반이 었지만 히사카를 잘 몰라. 너라면 동아리도 같고, 잘 알지 않을까 해서."

"나도 그렇게 자세히는 몰라."

"아는 범위에서라도 좋으니 가르쳐줘."

우시오는 뭐라 말하려다가 코트에서 연습하는 네 사람을 힐끔 보고 한숨을 쉬었다.

"지금은 안 돼. 연습 끝나고 말해줄게."

"기다릴게. 몇 시에 끝나?"

"4시쯤? 4시에 지도 선생님이 와서 딱히 별일 없으면 그대로 끝나. 그리고 뒷정리와 청소를 하니까 4시 반이면 끝날 거야. 미안하지만 적당히 근처에서 기다려."

"알았어."

지금 당장이라도 연습을 감독하러 돌아가려는 우시오에게 나는 서둘러 한 가지만 더 물었다.

"후지데라는?"

이미 등을 돌리고 있던 우시오가 어깨 너머로 시원스레 대답해주었다.

"오늘은 안 나왔어. 뭐, 오늘은 자율 연습이거든. 안 나와도 문제는 없지만 그 녀석이 안 나온 건 처음이야."

우시오는 그렇게 말하며 노골적으로 얼굴을 찌푸렸다.

휴대전화로 시간을 확인했다. 2시 반이 조금 지났다. 다시 연습을 시작한 우시오의 목소리를 들으며 나는 중얼거렸다.

"두 시간이나 남았네. 어쩔까."

일단 여기서 배드민턴부 연습을 보고 있어봤자 아무 소용 없다. 본관으로 돌아가려고 걸음을 돌리는데 바로 뒤에 오사나이가 있었다.

나는 내디디려던 발을 허공에서 급정지했다. 괴상한 목소리가 나왔다.

"어왜!"

"어왜?"

'어디에 있었어?'와 '왜?'라는 두 가지 질문이 뭉뚱그려져서 튀어나왔다. 어느 쪽부터 물을지 망설이는 틈에 오사나이가 먼저 물었다.

"우시오는?"

"아아…… 4시 반에는 끝나니까 그때까지 기다려달래."

"시간이 조금 남네."

그 시간을 어떻게 쓸지 고민하고 있었는데 지금 떠올랐다. 그러고 보니 출출했다.

"나는 일단 돌아가서 점심을 먹고 올게."

"그래."

오사나이는 어떻게 할지 묻지 않았다. 자유행동을 염탐할 마음은 없다.

"4시 반이 되기 조금 전에 여기서 만나자."

오사나이는 고개를 까딱 끄덕였다. 우리는 나란히 연결 복도를 지나 본관으로 돌아갔다. 나는 겨우 질문할 여유를 되찾았다.

겨울철 한정 봉봉 쇼콜라 사건 (하)

"……아까는 왜 사라졌어?"

오사나이는 미안한 기색도 없이 당연하다는 듯 대답했다.

"낯선 사람은 무서운걸."

처음 보는 나하고 사륜 자동차가 남기는 브레이크 자국에 대한 조사 결과를 공유했던 사람이 할 말은 아닌 것 같다. 무슨 농담인지, 아니면 뒤에 복잡한 논리 체계가 있는 진심인지 알 수가 없어 나는 어중간한 미소를 지을 수밖에 없었다.

문득 깨달았다. 연결 복도는 본관 복도보다 조금 좁아서, 복도 연결 지점에 그늘이 진다. 나는 오사나이가 어디에 있었는지 묻는 대신 그 그늘을 가리켰다. 숨어 있던 장소를 대번에 들켜서 불만스러운지 오사나이는 살짝 토라진 것처럼 보였다.

시간에 맞춰 약속 장소로 돌아가니 오사나이가 먼저 와 있었다. 살짝 손을 들어 다가가며 물었다.

"배드민턴부는 곧 끝날 것 같아?"

오사나이가 끄덕였다.

"뒷정리는 끝난 것 같아. 이야기는 어디서 들을 거야?"

"3학년 1반 교실이면 되지 않을까? 우리 교실이니까."

"동아리가 끝나면 아마 학교 문을 잠글 거야. 느긋하게 굴

다가는 갇혀버려."

들고 보니 토요일인데 학교에 마음대로 남게 둘 리 없다.

"그럼 어디가 좋을까?"

"'오모테다나'라면 방해받지 않을 거야."

오사나이가 알려줬던 카페다. 찾아가는 길은 머릿속에 들어 있다. 다만 조금 좁았던 기억이 났고, 나와 우시오에게는 그다지 어울리지 않는다.

"거기도 좋지만 우회도로변에 있는 '메일스트롬'에 갈래."

'메일스트롬'은 향토 요리도 파는 패밀리 레스토랑으로, 내게는 개인이 운영하는 카페보다 익숙했다. 내가 제안을 거부했는데도 오사나이는 딱히 신경쓰지 않는 눈치였다.

"응. 그럼 또 나중에."

그런 말을 남기고 떠나버렸다. 정말 낯선 사람이 무서운 건지도 모른다.

마지막으로 "함다"로밖에 들리지 않는 "감사합니다"라는 마무리 인사를 끝으로 체육관에서 삼삼오오 부원들이 나왔다. 뒷정리는 두 동아리가 함께했는지, 농구부와 배드민턴부가 뒤섞여 있는 것 같았다. 이윽고 우시오가 하급생으로 보이는 남학생과 함께 나왔다.

"그러니까 결국 시야가 문제야. 너는 셔틀콕만 보잖아. 그

겨울철 한정 봉봉 쇼콜라 사건 (하)

야 공을 잘 보는 건 기본이지만, 어디로 치는지 눈으로 보고 생각하지 않으면 경기가 안 돼."

"예, 주장!"

정말 주장 같은 역할을 하고 있다. 딱히 의심했던 건 아니지만 교실에서 보던 우시오의 모습과 너무 동떨어져 역시 조금 놀랐다.

그리고 우시오 역시 놀란 것 같았다. 나를 보더니 순간 흠칫하는 표정을 지었다.

"고바토냐? 정말 기다렸어?"

"기다리진 않았어. 일단 집에 돌아갔다가 다시 왔을 뿐."

"사서 고생이네. 아니…… 미안, 잘못했어."

뭘 잘못했다는 건지 잘 모르겠지만 괜찮다는 말은 하지 않았다. 우시오가 내게 미안함을 느끼는 만큼 이야기를 끌어내기 쉽다.

우시오는 후배와 헤어져 나와 현관으로 향했다. 일단 교실에서 이야기할까 제안해보았지만 오사나이가 우려했던 대로 건물을 잠근다며 거절당했다.

"그럼 '메일스트롬'이면 될까?"

나더러 음료값을 내라고 해도 싫다고 말하기 어려운 상황이었지만 우시오는 그저 "알았어"라고만 했다.

학교에서 가게까지, 우리는 시답잖은 이야기를 했다. 주로 배드민턴부 연습을 본 감상을 말하는 한편, 히사카 이야기는 의도적으로 언급하지 않았다. 우시오는 내 배려를 알아차렸는지, 아니면 자기가 히사카에 대해 말하고 싶지 않았는지, 배드민턴 경기에서 주장의 역할에 대해 집중적으로 이야기했다. 솔직히 그건 그것대로 흥미로운 내용이었지만 대화 도중에 우리는 가게 앞에 도착해버렸다.

가게 안으로 들어갔다. 늘 그렇듯 밝고, 청결하고, 조금 살가운 느낌이다. 점원이 정해진 인사말을 했다.

"어서 오세요! 두 분이신가요? 편한 자리에 앉으세요!"

혹시 오사나이가 먼저 왔을까 싶어 가게 안을 둘러보았지만 여자 혼자 앉아 있는 테이블은 보이지 않았다. 우시오가 말했다.

"아무 데나 괜찮아?"

괜찮다고 하려다가 나는 창가의 4인석 하나를 가리켰다.

"저기 앉자. 밝으니까."

사실 밝아서가 아니라 옆자리가 비어 있었기 때문에 그 자리를 골랐다. 우리가 소파에 앉아 메뉴를 보고 있으려니 예상대로 오사나이가 입구에 나타났다. 점원이 웃는 얼굴로 안내했다.

"어서 오세요! 한 분이신가요? 편한 자리에 앉으세요!"

오사나이는 똑바로 우리 옆으로 다가왔다. 나와 우시오가 마주 앉고, 우시오 뒤에 오사나이가 앉는 형태가 되었다.

나와 우시오는 드링크 바만 이용하기로 했다. 오사나이가 주문하는 소리가 들렸다.

"브릴리언트 선디 주세요."

"브릴리언트 선디 말씀이시죠. 알겠습니다!"

뭘까, 저…… 브릴리언트한 이름의 메뉴는?

우시오와 나란히 음료를 가지러 갔다. 나는 우롱차를 가져왔고, 우시오는 칼피스를 골랐다. 방금 연습을 마쳤는데 우시오도 딱히 목이 마르지는 않은지, 서로 예의상 컵에 입을 댔을 뿐이다.

갑자기 우시오가 시선을 떨어뜨렸다.

"그게…… 미안했어."

아까도 사과하던데 대체 왜 사과하는지 모르겠다. 조금 기다려보니 우시오가 말을 이었다.

"히사카 뺑소니 사건, 조사하자는 말을 꺼낸 건 난데 전부 너한테 떠맡겼잖아. 나는 어떻게 하면 좋을지 몰랐어. 다른 녀석들도 똑같아. 그런데 너는 계속 조사하고 있었구나."

그거였나.

사실 우시오 그룹이 일찌감치 포기해줘서 고마웠다. 남들 눈을 신경쓰지 않고 마음껏 현장을 조사할 수 있었기 때문이다. 하지만 굳이 내 입으로 말할 필요는 없겠지.

"그건 괜찮아. 다만 아까도 말했지만 히사카에 대해 알려줬으면 해."

"당연히 알려주고 싶지만, 그게 무슨 도움이 되는데? 히사카를 친 게 어디 사는 누구인지 밝혀내는 데 히사카를 알 필요가 있어?"

당연한 의문이지만 굳이 자세히 설명할 필요는 없겠지.

"있어. 필요해."

예상대로 우시오는 거듭 이유를 묻지는 않았다. 정말 궁금한 게 아니라 그냥 확인하고 싶었을 뿐이리라. 그저 우시오는 조금 귀찮다는 듯 한숨을 쉬었다.

"그래? 뭐, 네가 필요하다고 한다면…… 그래서 뭘 알고 싶은데?"

"가급적 전부."

"그렇게 말해도."

우시오는 잠시 고민하더니 입을 열었다.

"히사카가 어느 초등학교를 졸업했는지는 몰라. 들은 적이 없어. 그 녀석하고 만난 건 1학년 때, 배드민턴부를 견학하러 갔을 때야. 딱히 사이좋게 이야기를 나누지는 않았어. 나도 그 녀석도 배드민턴은 처음이었는데, 나는 다른 동아리라도 별로 상관없었고 아마 그 녀석도 그렇지 않았을까? 다만 집에 라켓이 있어서 아까우니 사용해보고 싶었다고 했어."

"동아리에 들어가면 새 라켓을 사는 줄 알았는데."

"맞아. 그래서 뭐, 그 녀석은 집에 있던 라켓은 쓰지 않았지. 집에서 연습할 때는 썼을지도 모르지만."

우시오는 살짝 웃었지만 그 웃음은 곧 사라졌다.

"동아리에 들어가 한 달쯤 기초 연습을 하고, 처음으로 연습 시합을 했을 때는 내가 이겼어. 둘 다 초보였지만 그 녀석은 몸집만 크고 둔했으니까. 나중에 물어봤더니 그 녀석, 운동 자체가 처음이었다는 거야. 나는 초등학교 때 수영 클럽에 다녔으니 처음에는 내가 유리했어. 뭐, 내가 히사카에게 이길 수 있었던 건 반년 정도였을까."

우시오가 컵을 바라보며 말을 이었다.

"히사카가 어떤 녀석인지 알고 싶다고 했지. 그 녀석은 뭐랄까, 어, 그러니까, 금욕적이야. 이렇게 표현하는 게 맞나? 어쨌거나 기초 연습도 체력 단련도, 말없이 계속하는 거야. 힘들거나 귀찮다는 생각 자체가 없는 것처럼. 말수는 적었지만 묵묵히 연습하는 것만으로 다들 그 녀석을 존경했어."

거기까지 말한 우시오가 갑자기 생각에 잠겼다.

"……아니, 하지만 원래 말수가 적었던 건 아니네. 1학년 때는 지금보다 잘 웃었던 것 같아. 나불나불 떠드는 타입은 아니었지만, 과묵한 것도 아니었어."

지금 생각해보면 중학교 1학년이면 거의 초등학생이나 마찬가지다. 3학년이 되는 사이에 성격이 변한 경우는 드물지 않은 일이리라. 그래도 일단 물어보았다.

"변한 계기가 있었을까?"

우시오는 고개를 갸웃거렸다.

"계기랄까…… 2학년 가을 대회가 끝났을 즈음부터 조금 예민해졌어. 3학년이 은퇴하고 첫 대회였고, 앞으로는 우리가 후배들을 이끌어야 한다는 걸 통감한 게 아닐까? 사실, 내가 그랬고. 그후로는 그 녀석, 전보다 더 말없이 연습하는 일이 늘었던 것 같아. 그다음부터는 엄청났어. 원래 시내에서도 유망한 선수였는데, 봄에 열린 대회에서는 지역 최강도 넘볼 정도였어. 여름 대회를 목표로 의욕을 불태우고 있었어. 자기 마지막 대회라고 했지."

"아아, 그런 얘기는 하는구나."

"야. 연습 집중력이 굉장하다고 해서 늘 입을 다물고 사는 건 아니잖아?"

겨울철 한정 봉봉 쇼콜라 사건 (하)

듣고 보니 그렇다. 내가 문병 갔을 때도 히사카는 딱히 말수가 적지는 않았다.

말꼬리를 잡는 것처럼 보이지 않으면 좋겠지만, 다만 조금 마음에 걸리는 점이 있다.

"히사카가 자기 마지막 대회라고 말했어?"

우시오는 당연하다는 듯 고개를 끄덕였다. 그렇다면 다른 문제가 신경쓰인다.

"히사카는 배드민턴을 중학교 때만 할 생각이었을까?"

생각도 못한 일이었는지 우시오가 입을 떡 벌렸다.

"……그럴 리 없잖아. 그 녀석이라면 고등학교에서도 그냥 두지 않을 텐데."

"하지만 본인이 그만두고 싶은 거라면……."

"그건 아니야."

어째서 우시오가 히사카의 본심을 아는 걸까?

"그 녀석, 새 운동화를 샀어. 이제 여름 대회밖에 남지 않았는데. 게다가 그 녀석, 배드민턴으로 특별 전형을 노리고 있었어. 뭐…… 그런 사고를 당했으니 그것도 없던 일이 되겠지만."

순간 다음 말이 나오지 않았다.

그런가. 히사카는 배드민턴으로 체육 특별 전형을 치를 생각이었나. 그렇다면 우시오의 말대로 이번 사고는 그 선택지를 지워버렸을 것이다. 그런데도 히사카는 병실에서 그렇게 평소와 똑같이 웃고 있었던 건가.

……사건의 비밀을 파헤치자. 내가 할 수 있는 건 그것뿐이다. 히사카에게 배드민턴을 그만둘 생각이 없었다면 어딘가에 착오가 있다. 잠시 숨을 고르고 물어보았다.

"히사카가 정확히 어떻게 말했는지 기억해? '내 마지막 대회다' 그렇게 말했어?"

우시오는 팔짱을 끼고 고민하다 이윽고 고개를 가로저었다.

"그걸 어떻게 일일이 기억하냐?"

맞는 말이다. 다시 원래 이야기로 돌아갔다.

"히사카는 여름 대회를 목표로 의욕을 불태우고 있었다."

"그래."

"누군가 라이벌 같은 사람은 있었을까?"

우시오가 나를 노려보았다.

"만약 히사카를 이기지 못하는 녀석이 범인이라고 생각하는 거라면……."

"그렇게 생각할 리 없잖아. 애초에 히사카하고 대결한다면 중학생인데? 차를 운전할 수 있을 리 없어."

우시오는 한숨을 푹 쉬었다.

"그러네. 미안. 음, 히사카의 맞수가 될 만한 건 시내에서는 니시 중학교의 미카사 정도였어."

"였어?"

"미카사는 우리보다 한 살 많아서 이미 졸업했거든. 히사카는 여름 대회에서 시 대회는 안중에도 없었을 거야. 현 대회라면 좋은 승부를 겨룰 상대도 있겠지만, 이름은 모르겠네."

자기는 현 대회와 인연이 없다고 말하고 싶은 듯 우시오가 살짝 웃었다.

"히사카의 목표는 전국 대회였어. 본인 입으로 들은 건 아니지만. 전국 대회는 굉장해. 초등학생 때부터 배드민턴을 전문으로 하는 녀석들이 잔뜩 있으니까 아무리 히사카라도 그렇게 쉽게 이기지는 못할 거야. 하지만 우리는 그 녀석이라면 전국 대회까지 올라갈 수 있다고 믿었어."

금욕적인 태도를 무기로, 삼 년 만에 아무것도 모르던 초보에서 시내에 적수가 없는 에이스로 성장한 히사카의 여름 대회를 향한 꿈은 허망하게 바스러졌다. 하늘색 박스형 경차에 의해.

우시오는 농담이라고 강조하듯 익살을 떨었다.

"뭐, 실력으로 따지면 그 녀석이 주장이야. 당연히."

그럴까? 배드민턴부가 연습하는 모습은 잠깐 보았을 뿐이니 잘난 척 떠들 수는 없지만.

"후배들은 우시오가 주장이라 다행이라고 생각하지 않을까?"

우시오가 살짝 시선을 피했다.

"……뭐래."

배드민턴부에서 히사카의 존재감이 어땠는지는 대충 알아냈다. 조금 더 폭넓게 물어보자.

"그럼 히사카의 인간관계는 어땠는지, 뭐 좀 아는 거 있어?"

우시오는 고개를 저었다.

"아니, 잘 몰라."

"전혀?"

"대회나 시합 때문에 이동할 때 가족이 데려다주는 건 봤지만."

어쩐지 질문과 답이 대응하지 않는다. 우시오는 내가 히사카의 '가족 관계'를 묻고 있다고 착각한 듯했다. 그게 아니라고 말을 끊으려다가 역시 들을 수 있는 정보는 다 들어두기로

했다.

"데려다줬다니, 구체적으로는 누가?"

"어머니였던 것 같아. 히사카네 아버지는 본 적이 없어. 아니, 작년 여름 대회 때 한 번은 봤던가? 기억이 안 나네."

뭐, 학교 친구의 가족은 보통 기억 못한다. 나도 지난 이틀 동안 오사나이와 다양한 이야기를 나누었지만, 언젠가 오사나이의 가족을 만날 날이 올 거라는 생각은 들지 않는다.

다른 이야기를 해보자.

"친구는?"

"함께 동아리에 들어온 지금 3학년 남자 부원들하고는 친구라고 할 수 있겠지. 나하고, 2반 사노야."

"3학년 남학생은 세 명뿐이라니……."

"배드민턴부가 부원이 많은 동아리처럼 보여?"

아니라고 대답하기도 어려웠다.

"그리고 또 있을까?"

"같은 초등학교를 나온 녀석들이 몇 명 있지 않을까? 나는 모르지만. 그리고 우리 반에서 사이좋은 녀석은 고바토 너도 알 테고."

뭐, 확실히 같은 반 몇 명의 얼굴이 떠올랐다. 그리고 그런 친구와 함께 하교한다는 것을 히사카가 감출 것 같지도 않았다.

"그 밖에는?"

거듭 추궁하니 우시오가 의자에 등을 기대며 난처한 듯 한 숨을 쉬었다.

"……뭐, 본인이 숨기지 않으니 상관없나. 히사카는 인기가 많아. 지금은 배드민턴부 오카하시하고 사귀고 있어. 오카하시 마오. 3학년 4반."

여자친구가 있었나. 숨긴다면 그런 상대일 줄 알았는데.

"숨기지 않았단 말이지?"

"떠벌리지도 않았지만."

흐음.

"숨기지 않았다면 감추지 않았을 거란 말이지."

무심코 중얼거린 소리에 우시오가 날카롭게 반응했다.

"무슨 소리야?"

"아아, 아니……."

"뭔지 알겠다. 요컨대 히사카가 숨길 법한 관계가 궁금한 거야?"

거의 정답이다. 이렇게 되면 입을 다물고 있을 이유도 없다.

"그래. 사고 목격지가 있었을 텐데 어째선지 히사카가 감추고 있어."

우시오가 얼굴을 찌푸렸다.

"그 녀석이 감추었다면 그럴 사정이 있겠지."

"그럴지도 몰라."

나는 우시오의 눈을 똑바로 쳐다보았다.

"하지만 이대로는 히사카를 친 범인을 알아낼 수 없어. 그렇게 되면 히사카는…… 히사카의 가족은 배상금도 받을 수 없어. 치료비는 전부 가족이 부담해야 하고. 히사카는 대회에 나가지 못하는 억울함도, 특별 전형을 치르지 못하는 것도, 돈으로조차 배상받지 못하는 거야."

지금까지 말로 하지 않았던 생각은 우시오에게 어느 정도 전달되었다. 우시오는 그래도 망설였지만 마침내 이렇게 중얼거렸다.

"결국 내가 시작한 일이지."

그리고 우시오는 목소리를 낮추었다.

"사실은 봄 대회 때 조금 이상한 일이 있었어."

점원이 뭔가 멋진 디저트가 담긴 쟁반을 들고 오사나이의 테이블로 다가갔다. 힐끔 본 바로는, 딸기와 체리가 얹혔고 생크림이 높게 솟아 있었다.

"오래 기다리셨습니다. 브릴리언트 선디입니다."

나는 보았다. 점원이 떠나자 오사나이가 두 손을 살짝 들며 만세를 부른 것을. 괜히 반응했다가는 우시오가 내 시선을 따라 뒤를 돌아보고 오사나이의 존재를 알아차릴 것 같아 억지로 무표정을 유지했다.

아무래도 우시오는 내 표정을 진지함의 증거로 받아들인 듯했다.

"뭐, 별일은 아닐지도 모르지만."

그렇게 단서를 달고 말했다.

"히사카는 테니스 가방에 부적을 달고 다녔어."

"……일단 묻겠는데, 배드민턴 가방이 아니라?"

"테니스 가방이라는 이름으로 팔고 있고, 동아리에서도 다들 그렇게 불러."

그런가 보다.

큰 대회를 앞둔 유망한 선수가 소지품에 부적을 달고 있었다. 그것뿐이라면 이상한 점은 전혀 없다. 뒷이야기를 기다렸다.

우시오가 말했다.

"히사카는 말이야, 미신을 믿지 않아. 수학여행으로 교토에 갔잖아? 다른 녀석들이 선물로 부적을 사는데 그 녀석은 그런 건 믿지 않는다고 했어. 그런 히사카가 부적이라니, 어울리지 않아."

"여자친구라는 오카하시가 준 게 아닐까?"

"나도 그런 줄 알았어. 아니, 오카하시가 선물한 거라고 믿고 있었어."

보아하니 아무래도 이제부터가 본론인 것 같았다. 우시오는 테이블에 한 팔을 얹더니 살짝 몸을 내밀었다.

"우리 동아리에서는 테니스 가방을 부실에 두고 다녀도 되고 집에 가져가도 상관없어. 뭐, 1학년은 가지고 돌아가야 하지만."

"왜?"

"부실이 좁아서 둘 자리가 없으니까."

실로 합당한 이유다.

"히사카는 가방을 부실에 두고 다녔고 부적은 그 가방 손잡이에 달려 있었어. ……그런데 지난 봄 대회에 갈 때, 그 녀석은 그 부적을 뗐어."

우시오는 거기서 말을 끊었다. 이야기의 내용이 내게 스며들기를 기다리듯이.

일단 확인해보았다.

"평소 동아리 활동에서도 가방이 필요해? 부실은 남녀가 따로 써? 그리고 가방에 부적을 달고 다니는 건 규칙 위반은 아니야?"

"아니다, 맞다, 아니다야. 가방은 합숙이나 대회, 원정을 갈 때만 사용해. 부실은 남녀가 따로 쓰고, 가방에 뭘 달고 다녀도 혼나지 않아. 나는 내가 산 부적을 달고 있고, 오카하시는 원숭이 마스코트를 달고 다녀."

그 말을 듣고 보니 확실히 이상했다.

부적을 준 게 오카하시였다면 오히려 본인 앞에서 부적을 달고 있는 모습을 보여줄 법한데. 그런데 히사카는 평소 오카하시가 보지 못하는 남자 부실 안에서는 가방에 부적을 달았고, 대회에서 가방을 꺼내기 직전 부적을 뗐다. 중요하지 않은 이야기일지도 모르지만…… 역시 어딘가 의미심장하게 느껴졌다.

일단 생각나는 대로 말해보았다.

"히사카와 오카하시가 대회 전에 싸운 건 아닐까?"

우시오는 조금 머쓱한 표정을 지었다.

"남들 사정을 캐고 다니는 취미는 없어서. 아, 네 얘기가 아니고. 너는 내가 말을 꺼낸 일을 해주고 있는 거니까. 뭐, 나도 그렇게 유심히 본 건 아니지만…… 히사카가 부적을 뗀 날, 히사카와 오카하시는 둘이 함께 돌아갔어. 원래 그 두 사람 사이는 오카하시가 더 뜨거웠고, 히사카는 그냥 적극적으로 거절할 이유가 없어서 사귀는 것처럼 보였어. 오카하시는 평소처럼 밝았고, 히사카도 딱히 평소와 다르지 않았어. 다음 날 대회에서도 평범하게 서로 응원했고."

조금 생각해보았다.

"……선수로서 오카하시의 실력은 어때?"

우시오는 배드민턴부 주장답게 진지하게 대답해주었다.

"톱클래스는 아니야. 하지만 평균보다는 잘해. 단체전 선봉을 맡고 있어. 봄 대회에선 컨디션이 좋아서 4승 2패였어. 히사카만큼은 아니지만 그 녀석도 삼 년 동안 실력을 쌓아올린 타입이야."

"대회에는 의욕적이었어?"

"물론."

나는 고개를 끄덕이고 추가 질문을 했다.

"오카하시는 원숭이 마스코트 외에 부적도 달고 다녀?"

우시오가 고개를 갸웃거렸다.

"그렇게 유심히 보지는 않아서. 회장까지는 버스로 갔는데 나도 가방을 싣고 내리는 작업을 도왔어. ……그래, 없었어. 오카하시는 부적을 달고 다니지 않았어. 하지만 그게 왜? 히사카 얘기가 궁금한 게 아니었어?"

히사카의 부적은 조금 뜻밖의 정보를 시사하는 것처럼 느껴졌다. 우시오에게 말해줘야 할까?

진동음이 들렸다. 내 휴대전화다. 우시오에게 잠깐 실례한
다고 말하고 주머니에서 휴대전화를 꺼냈다. 오사나이가 보
낸 메시지였다.

어디 부적?

나는 순간 얼어붙었다. 우시오가 물었다.

"왜 그래? 무슨 일 있어?"

"아니…… 가족 일로. 그것보다."

이 질문에는 대답하지 못할 거라 생각하면서도 물어보기는
했다.

"그 부적이 어디 거였는지 알아?"

"어디냐니…….''

"왜, 신사든가 절이든가."

칼피스로 뻗던 손을 멈추고 우시오가 나를 쳐다보았다. 믿
을 수 없다는 표정으로 눈을 휘둥그레 뜨고 있다. 모르면 됐
어, 보통은 모르겠지…… 그렇게 말하려는데 우시오가 도저
히 못 참겠다는 듯이 웃음을 터뜨렸다.

"뜻밖이네! 고바토, 너 그런 걸 신경쓰는 녀석이었냐? 몰
랐어."

"아아, 아니, 그게."

"히사카가 보여줘서 알아. 이세신궁 부적이었어. 영험함에 우열을 따질 수는 없지만, 뭐, 일본 최고지."

"그런가. 그랬구나."

갑작스러운 호들갑에 기가 눌렸다. 내가 호응하지 않아서 그런지 우시오의 웃음에 섭섭한 그늘이 졌다.

"뭐, 그런 거야. ……그래서 뭔가 알 것 같아?"

몇 가지, 짐작 가는 바가 없지는 않다. 하지만 지금 이 자리에서 우시오에게 확실하게 말할 수 있는 사실은 아무것도 없다.

"알게 되면 말해줄게."

"그래? 부탁해."

우시오는 딱히 실망한 기색도 없이 칼피스를 다 마셨다.

내 우롱차는 아직 절반 정도 남아 있다.

"……사실은 부탁이 하나 있어."

그렇게 입을 열자 용건이 다 끝난 줄 알고 있던 우시오가 조금 귀찮다는 듯이 눈썹을 찌푸렸다.

"뭔데?"

나는 두 손으로 컵을 감쌌다.

"이유는 모르겠지만 히사카는 사고 목격자를 감추고 있어."

"그 얘기는 들었어."

"그리고 후지데라도 그 목격자를 봤을 거야. 하지만 후지데라는 아무 말도 하지 않았어. 아마 히사카가 입막음했겠지. 3학년이 말하지 말라고 부탁하면 2학년은 거절하기 어려우니까."

우시오는 팔짱을 끼고 소파에 깊이 등을 기댔다.

"무슨 말을 하고 싶은지는 알겠는데……."

예방선을 치기 전에 선수를 쳤다.

"사고 당일에 다른 사람을 보았는지 말 좀 해달라고 네가 거들어줄 수 없을까? 같은 3학년이 부탁하면 후지데라도 말해줄지 몰라."

"진심이냐……."

우시오는 천장을 올려다보며 신음했다.

"그랬다가 나중에 내가 히사카의 원망을 사는 거 아니야?"

"어찌 될지 몰라. 오히려 고마워할지도 모르지."

"기껏 입막음까지 해둔 사실이 들통났는데 고마워할 사람이 어디 있어? 하지만, 그래……."

우시오는 팔짱을 낀 채로 고개를 숙였다.

"……만약 나도 함께 조사했다면 역시 내가 후지데라에게 물었겠지."

"알 수는 없지만, 아마도."

우시오가 끙끙거리다가 자리에서 일어섰다.

"마실 것 좀 가져올게."

그것이 생각할 시간을 벌기 위한 행동이라는 건 명백했다. 나는 우시오를 따라가지 않았다. 계속 부추기는 게 나을지도 모르지만 강요할 생각은 없었기 때문이다.

또 칼피스를 가지고 돌아온 우시오는 테이블에 컵을 내려 놓고 털썩 앉았다.

"알았어. 그 녀석한테는 말해둘게. 월요일에 이야기하라고 하면 돼? 나도 함께 있는 게 나으면 그렇게 할게."

"같이 있어도 되고 없어도 되니까 네가 편한 대로 해. 이야 기는 월요일이 아니라 내일 듣고 싶은데. 사실은 오늘 당장 듣고 싶지만 벌써 저녁이니까. 내일 오전에 어디서 만날 수 없는지 물어봐주면 좋겠어. 마땅한 장소가 없으면 이 가게에 서 만날게."

우시오는 무거운 한숨을 쉬었다.

"진심이구나."

"진심이야."

"알겠어. 말해보고 나중에 연락할게."

우시오가 가게에서 나갔다. 나는 조금 기다렸다가 점원을 불렀다.

"죄송합니다. 자리를 옮기고 싶은데 괜찮을까요?"

"어느 쪽으로요?"

"옆이요."

오사나이가 있는 자리를 가리켰다. 점원은 알고도 남는다는 듯한 표정으로 웃었다.

"물론이지요."

허락을 받았으니 컵을 들고 오사나이와 합류했다.

오사나이의 테이블에는 텅 빈 선디 글라스가 놓여 있었다. 어느 틈에 다 먹은 모양이다. 물어보았다.

"맛있었어?"

오사나이가 진지하게 대답했다.

"얕잡아본 건 아니었어. 하지만 얕잡아볼 수 없네."

즉, 맛있었던 모양이다. 그거 다행이다.

그렇다면.

우시오가 이상하게 여긴 포인트는 확실히 마음에 걸린다. 다만 히사카가 어째서 부적을 뗐는지 생각해보기 전에 물어봐야 할 점이 있다.

"누가 부적을 줬을까?"

오사나이는 빈 선디 글라스를 바라보며 바로 대답했다.

"적어도 오카하시는 아니야."

"그래, 그렇겠지. 오카하시도 중학교 마지막 학년에 각오하는 바가 있었을 거야. 히사카에게는 부적을 주고, 자기는 원숭이 마스코트만 달고 다녔다는 건 이상해."

오사나이가 고개를 끄덕이고 한마디 덧붙였다.

"게다가 커플로 맞춰 달았을 거야."

"……그런 거야?"

"그렇대."

뭐, 그런가 보다.

물론 오카하시가 선물했을 가능성이 제로는 아니다. 히사카가 부적을 뗀 것은 가방을 들고 다니다가 부적을 떨어뜨릴까 봐 그런 것이고, 오카하시의 가방에 부적이 달리지 않은 것은 남들 눈에 띄지 않게 가지고 다녀서일지도 모른다. 다만 그렇지는 않았을 거라고 생각하게 만드는 요소가 하나 더 있었다.

"게다가 이세신궁 부적이었다고 하니까."

이것은 오사나이가 거둔 성과다. 나는 어디 부적인지 물어볼 생각은 하지도 못했다.

"이세신궁에 가려면 일단 나고야로 가서 환승해야 해. 얼마나 걸릴까?"

"두 시간 반."

잘 아네.

"절대 못 갈 정도는 아니지만, 히사카의 승리를 기원하는 부적만 사러 가는 거라면 조금 멀어."

아무리 바라봐도 선디가 부활하지는 않는다는 현실을 받아들였는지, 오사나이가 선디 글라스를 테이블 구석으로 살짝 밀었다.

지금까지 나온 이야기를 종합해보면 히사카는 여자친구인 오카하시가 아닌 다른 사람에게 부적을 받았을 가능성이 높다.

그리고 자신이 차에 치이는 순간 곁에 있던 인물의 존재를 감추려 한다…….

생각해볼 수 있는 패턴은 일단 일곱 개쯤 된다. 그중 어느게 진실인지 알아내기 위해 오늘 당장 할 수 있는 일은 없어 보였다.

초여름 해는 길어서 바깥은 아직 저녁이 찾아올 기미조차 없었다. 오늘은 많은 일이 있었다. 방범 카메라 영상을 보고, 제방도로를 걸었고, 학교로 돌아와 우시오의 협조를 구했다.

내가 지금 생각하는 것과 똑같은 말을 오사나이가 중얼거렸다.

"나머지는 내일. 오늘은, 이제 그만."

　병원 식사는 간이 싱겁다는 말을 자주 듣는데 내 생각에는 그렇지 않다. 내가 식사 제한을 받지 않는 환자라 그런 걸지도 모르지만.

　저녁 식사로 잘게 간 무를 넣은 대구조림과 당근 라페, 버섯 된장국을 먹고 시키는 대로 수분을 보충했다. 짧은 머리 간호사의 도움을 받아 양치질을 하고, 베개에 머리를 묻었다.

　……그리고 새벽에 잠에서 깼다.

　병실은 어두웠다. 난방이 조금 세게 돌아가고 있었지만, 닫힌 창문이 밖에서 들어오는 냉기를 완전히 막아주지는 않아서 병실은 쌀쌀했다. 침대 위에서는 몸을 움직여도 된다고 해서 윗몸을 천천히 틀어 창문 쪽으로 고개를 돌렸다. 밤거리는 조용했고 길가에 쌓인 눈은 없었다. 나는 눈 때문에 차에 치였는데, 그 눈은 봄이 찾아오기도 훨씬 전에 녹아서 사라져 버렸다.

　하염없이 밖을 바라보았다.

　나는 히사카가 죽었다는 말을 믿지 않는다. 히사카가 자살을 시도했다는 겐고의 말, 정확히는 겐고가 인터뷰한 미카사 선배의 말은 사실을 포함하고 있을지도 모르지만 그런 식으로 히사카가 세상을 떠났다니 있을 수 없는 일이다. ……그렇다면 내 짐작 말고도 히사카가 살아 있다고 생각할 근거가 있을까?

없는 줄 알았다. 하지만 지금 문득 떠올랐다.

우시오는 히사카와 친했다. 삼 년 동안 같은 동아리였고, 본인도 자신이 히사카의 친구라고 했다. 그리고 나와 우시오의 관계는 그리 나쁘지는 않았다.

만약 히사카가 정말 스스로 죽음을 택했다면 우시오는 그 사실을 알았을 테고, 무슨 일이 있었는지 내게도 알려주었을 것이다……. 장례식 일정도 함께.

그런데 나는 그런 연락을 받지 못했다. 소문조차 듣지 못했다. 그러니 히사카는 살아 있다. 이것은 이미 절대적이라고 말해도 좋을 만큼 의심할 여지가 없다.

다만.

나는 새벽녘 거리를 바라보며, 굳이 모색하지 않아도 될 가능성을 생각했다.

히사카의 죽음을 우시오도 전달받지 못했다면, 다시 말해 가족들이 주위에 숨겼다면 이야기는 달라진다. 다만 죽음을 그토록…… 고인의 친구에게도 숨기는 경우가 있을까?

있을지도 모른다.

히사카가 정말로 십 대에 스스로 목숨을 끊었다면 남은 가족의 마음은 어땠을까. 그 마음 때문에 히사카의 죽음을 누구에게도 알리지 않고, 장례식도 가족들끼리만 치렀다면…….
그랬을지도 모른다.

다만 한 가지, 확실한 의문점이 있다. 만약 히사카의 가족이 그 정도로 감추었다면, 히사카의 라이벌 선수였던 미카사 선배는 그 사실을 알 길이 없다. 이것은 모순이다.

그러니까 아마도…… 아니, 확실하게, 거의 확실하게 히사카는 살아 있다.

창가는 추웠다. 나는 다시 몸을 틀어 베개에 머리를 묻었다.

머리맡에 작은 상자가 놓여 있다. 하얀 직사각형 상자다. 나는 살짝 웃었다. 그렇다, 오사나이가 숙제를 내줬지…….

상자를 여니 안에는 반으로 접힌 메시지 카드만 들어 있었다. 카드를 집어든 나는 숨이 턱 멎었다.

거기에는 이렇게 적혀 있었다.

최근 삼 년 동안
현 배드민턴 대회에
히사카 쇼타로라는 선수는
한 번도 출전하지 않았어.

차가운 겨울바람이 병실을 가득 메운 것 같았다.

제7장

메마른 꽃에 부디 물을

가슴의 통증은 많이 줄었다.

사고 직후에는 숨 쉬는 것도 조금 두려웠는데 이제 말은 평범하게 할 수 있다. 다리의 묵직한 통증은 계속됐지만 진통제를 먹으면 참을 수 없을 정도는 아니다.

병실을 찾아온 미야무로 선생님에게 그런 이야기를 하자 미야무로 선생님은 클립보드에 고정한 종이에 뭔가 기입하고 환자복을 들춰서 수술 자국이 선명한 넓적다리를 한번 보더니 나를 향해 웃었다.

"경과는 좋습니다. 오늘부터 간호사의 도움을 받을 수 있을 때는 휠체어를 써도 됩니다."

만약 이 통지를 서면으로 받았다면 나는 그 자리에서 만세를 부르며 '야호!' 정도는 외쳤을 것이다. 실제로는 눈앞에서 직접 들었기에 최대한 냉정하게, 하지만 자각할 수 있을 정도로 기쁨이 묻어나는 목소리로 말했다.

"고맙습니다."

그후에도 몇 가지 경과를 설명해주었지만 솔직히 제대로 듣지 않았다. 미야무로 선생님은 또 똑같은 말을 했다.

"조금이라도 빨리 퇴원할 수 있도록 노력합시다."

미야무로 선생님이 나가고 병실에 들어온 물리치료사 마부치 씨에게도 휠체어 사용 허락을 받았다고 말했다. 마부치 씨는 우악스러운 얼굴로 환하게 웃었다.

"다행입니다. 첫걸음을 떼었네요."

"언제쯤 서서 재활 훈련을 할 수 있을까요?"

"조금 더 걸리겠죠. 하지만 그리 머지않았어요."

치료에 진전이 있으면 재활 훈련도 힘이 난다. 꼭 그 때문은 아니겠지만 재활 훈련을 마치자 살짝 땀이 맺혀 있었다.

당장 휠체어를 타고 싶지만 그러자고 간호사를 부르기는 꺼려졌다. 조만간 간호사가 올 테니 그때 도와달라고 부탁하자. 그렇게 생각하며 어쩐지 설레는 마음으로 천장을 올려다보았다. 아마사토 씨가 청소하러 들어와서 쓰레기를 수거하고 재빨리 대걸레질을 마치고 떠났다. 그리고 하필 이런 날에 간호사는 좀처럼 올 생각을 하지 않았다. 팔베개를 하고 긴 한숨을 쉬었다.

하지만 생각해보면 간호사는 식사를 가져다주거나 수액을 교환하는 등 간호 업무를 처리하기 위해 병실에 오는 것이다. 용건도 없는데 휠체어를 타고 싶은 마음을 감지하고 찾아와 달라고 말할 수 있는 처지는 아니다.

항상 오는 짧은 머리 간호사가 찾아온 것은 결국 평소처럼 점심 식사 때였다. 배식 시간에 바쁜 건 알고 있으므로 식사를 마칠 때까지 휠체어 이야기는 꺼내지 않았다. 식사와 수분 보충을 마치고 간호사가 식판을 치우려고 다시 병실에 오자 겨우 부탁할 수 있었다.

"저, 미야무로 선생님이 간호사가 보조해준다면 휠체어를 써도 된다고 했는데요. 사용해보고 싶은데 부탁드려도 될까요?"

타이밍을 노려서 말했다고 생각했는데, 결과적으로 식판 회수 시간은 좋은 타이밍이 아니었던 모양이다. 간호사는 굳은 표정으로 나를 보더니 "확인해보겠습니다"라고 말했다. 미안한 마음이 커졌다.

간호사는 삼십 분 넘게 지나서야 휠체어를 밀며 돌아왔다. 부모님에게 첫 자전거를 선물 받았을 때도 이 순간처럼 가슴이 설레었을지 의심스럽다. 나는 무심코 의욕을 불태웠다.

"이건 제 전용인가요?"

간호사가 싸늘하게 나를 굽어보았다.

"병원 비품입니다."

이 휠체어가 영원히 내 소유물이 되었는지가 아니라, 입원해 있는 동안 나 말고 다른 사람도 이 휠체어를 같이 쓰는지를 알고 싶었다. 하지만 이미 모든 게 늦어버렸다. 나는 휠체어에 흥분해 멍청한 소리를 내뱉은 고등학생이 되고 말았다.

침대에서 휠체어로 옮겨 탈 때도 간호사의 도움이 필요했다. 어쨌거나 내 넓적다리뼈는 철심으로 연결해두었을 뿐이다. 체중을 실어서도 안 되고, 만약 조금 균형을 잃고 휠체어에서 굴러떨어져 상처가 벌어진다면…… 어떻게 될지는 미야무로 선생님이 알고 있겠지.

간호사는 내게 일단 침대 옆에 앉으라고 지시했다. 지금까지 한 번도 사용한 적 없었던 병원 슬리퍼를 신고 바닥에 발을 붙여보았지만 절대 오른발에 체중은 싣지 않는다. 휠체어를 침대에 대각선으로 놓고 왼발을 축으로 삼아 몸을 회전시켰다.

도와주는 간호사의 표정은 무서울 정도로 진지했다.

몸을 옮기는 내 옆에서 고뇌하듯 미간을 찌푸리고 있다.

나는 처음으로 어쩌면 이 간호사가 베테랑이 아닐지도 모른다고 생각했다. 몇 번이나 경험해봤다고 보기에는 너무 긴장한 상태였고, 그 긴장감이 환자에게 전달되는 것이 좋은 일은 아닐 듯하다. 이 간호사는 겉으로 보아 이십 대 초반이다. 이제부터 경험을 쌓아가겠지.

바퀴가 제대로 고정되지 않았는지, 내가 앉으려는 순간 휠체어가 살짝 뒤로 밀렸다.

의자에 앉으려고 몸을 숙이는데 의자를 휙 빼면 누구나 제대로 대처하지 못하고 뒤로 넘어진다. 소리 없는 비명이 목구멍 안에 맺혔다. 심박수가 치솟았다.

순간적인 공포로 따지면 차에 치였을 때보다 무서웠을지도 모른다. 하지만 다행히 휠체어가 움직인 것은 아주 조금이었다. 간호사가 손잡이를 잡아 휠체어가 멈췄고, 나는 무사히 의자에 앉았다.

심장이 벌렁거리는 가운데 간호사를 돌아보았다. 휠체어가 움직인 것은 이 사람이 바퀴를 제대로 고정하지 않았기 때문이지만, 손잡이를 잡아 나를 구해준 것도 이 사람이다. 역시 인사는 해야겠지.

"고맙습니다."

간호사는 바로 지금 사고가 날 뻔한 것을 눈치채지도 못한 기색이었다.

"어디로 갈까요?"

휠체어를 탈 수 있게 되면 어디에 갈지 미리 정해두었다. 나는 망설이지 않고 목적지를 말했다.

"화장실요."

지금까지 배설도 간호사에게 전부 의지했다. 이동할 때는 여전히 도움이 필요하지만 혼자서 볼일을 볼 수 있다면 얼마나 마음이 편할까? 간호사는 아무 말 없이 휠체어를 밀기 시작했다.

병실을 나섰다.

이 1인실 밖으로 나가는 게 대체 며칠 만일까? 애초에 나는 병실로 실려 왔을 때 의식이 없었고, 미야무로 선생님에게 상태가 어떤지 설명을 듣고 나서는 전신마취로 넓적다리 수술을 받았고, 병실로 돌아올 때도 침대에 실려 왔다. 이 병원에서 병실 말고 내가 아는 것은 복도 천장뿐이라고 할 수 있다.

바닥과 벽은 크림색과 연녹색 위주였고, 복도는 환하고 넓었다. 병실에서 나가니 정면에 허리 높이로 창이 있고 그 너머로 뻥 뚫린 공간이 보였다. 휠체어에 앉은 상태에서는 창문 아래가 어떻게 생겼는지 모르겠지만 아마 안뜰이겠지. 복도는 좌우로 뻗어 있었는데 오른쪽에 간호 스테이션이 보이고 그 끝에 엘리베이터가 있었다. 왼쪽에는 병실이 쭉 늘어서 있었다. 간호사가 왼쪽 방향으로 휠체어를 밀었다.

한낮인데 복도에 사람은 별로 없었다. 나와 같은 환자복을 입은 사람은 거의 모두 고령자였다. 휠체어는 복도 끝에서 오른쪽으로 꺾였다.

중간에 층수 표시를 발견했다. '4F'라는 표시를 보고 내가 입원해 있는 곳이 4층이라는 것을 알게 되었다.

복도는 오른쪽으로 한 번 더 꺾였다. 간호사가 휠체어를 밀자 얼마 가지 않아 벽에 붙은 화장실 표시가 보였다. 내가 들어갈 곳은 다목적 화장실이다.

유감스럽게도 휠체어 초심자인 나는 혼자서 볼일을 볼 수가 없어, 결국 간호사의 도움을 받을 수밖에 없었다. 하지만 요령은 알았다. 다음에는 혼자서 어떻게든 할 수 있겠지.

왔던 길을 거꾸로 지나 병실로 돌아왔다. 침대로 돌아온 나는 간호사에게 물었다.

"저, 이 휠체어로 밖에 나갈 수도 있나요?"

간호사는 내가 무슨 뜻으로 말하는지 경계하는 듯한 눈빛으로 대답했다.

"안뜰이나 옥상에는 갈 수 있지만 병원 밖은 안 돼요."

"경찰이 밖에 나갈 수 있게 되면 현장검증에 와달라고 했는데요."

간호사는 들은 체도 하지 않았다.

"다른 환자도 담당하고 있어서 근무중에는 병원 밖으로 나갈 수 없습니다."

듣고 보니 맞는 말이다. 조금씩 좋아져서 언젠가 간호사의 도움 없이도 휠체어를 탈 수 있게 된 후에 현장검증을 해도 분명 늦지는 않을 것이다. 간호사는 휠체어를 병실에 남겨두고 갔다.

그리고 병실에 혼자 남았다.

나는 오늘 치 봉봉 쇼콜라를 먹고(짠맛이 났다) 하얀 상자에 들어 있던 메시지 카드를 바라보았다.

최근 삼 년 동안 히사카는 배드민턴 대회에 나오지 않았다…… 이 카드에서 무엇을 알 수 있을까? 나는 중얼거렸다.

"오사나이와 겐고는 서로 연락을 취하고 있어."

내 뺑소니 사고와 삼 년 전 뺑소니 사고는 아무 상관도 없을 것이다. 단순히 위험한 길에서 사고가 자주 나는 것뿐이다. 머리로는 알고 있지만 나는 아무래도 두 사건의 유사성에 마음이 가고, 아마 오사나이도 마찬가지일 것이다. 그러므로 오사나이가 히사카의 정보를 얻으려 한 것은 그리 이상한 일이 아니다.

그리고 오사나이는 제한적이지만 메시지 카드를 통해 히사카가 고등학교에 입학한 뒤에는 배드민턴 대회에 나가지 않았음을 내게 전했다. 오사나이는 이 정보에 중요한 의미가 있다는 것을 알고, 내가 그 중요성을 인식하고 있는 것도 안다.

다시 말해 내가 겐고에게 히사카가 자살했다는 소식을 들은 것을 알고 있다.

……히사카가 대회에 나가지 않았다는 말은 여러 가지로 해석이 가능하다.

첫 번째. 히사카는 뺑소니 사고 후유증 내지 다른 이유로 배드민턴 실력을 발휘할 수 없게 되었다. 혹은 경기에 대한 열정을 잃고 고등학교에서는 배드민턴을 하지 않았다. 또는 하려고 했지만 대회에 나갈 수준에 이르지 못했다.

두 번째. 히사카는 다른 지방 고등학교에 진학했다. 오사나이가 조사한 것은 어디까지나 현 대회고, 나는 히사카가 어디로 진학했는지 모른다. 히사카가 다른 지방에서 활약할 가능성은 충분히 존재한다.

세 번째. 히사카 쇼타로는 삼 년 전에 이미, 세상을 떠났다.

"……설령, 설령 그렇다 해도."

설령 세 번째가 진실이라 해도 나는 상관없다. 상관없을 터였다. 내 행위가 미친 영향이 지극히 경미했음을 증명하려고 나는 침대 위에서 과거를 떠올렸다.

우리는 뺑소니를 당한 히사카가 사건 당시에 누군가와 함께 있었다는 사실을 깨닫고 그 '동행인'이 누구인지 알아내려 했다. 히사카가 입막음한 것으로 보이는 목격자, 배드민턴부 2학년 후지데라에게 다시 이야기를 듣기 위해 우리는 일요일에 역 건물로 향했다. 학교에 갈 계획은 없었으므로 나도 오사나이도 사복 차림이었다. 나는 분명 짙은 남색 반소매 셔츠에 베이지색 면바지를 입었던 것 같다. 오사나이는 어땠더라.

공책을 펼쳐봐도 답은 적혀 있지 않다. 그다음은 내가 이제부터 적을 것이다.

우시오는 후지데라를 설득해주었다. 오전 중에 후지데라를 만나고 싶었지만 다른 볼일이 있다고 해서 오후에 만나기로 했다.

후지데라와 이야기를 나누는 것은 두 번째다.

처음에 후지데라는 우연히 사고를 목격한 후배에 지나지 않았다. 경찰이 꼬치꼬치 물은 것을 나라는 선배가 또 물었으니 조금 안쓰럽다는 인상 정도는 있었다.

조사를 해보니 모든 것이 바뀌었다. 후지데라는 가련한 후배가 아니라 내 질문을 교묘하게 회피한, 제법 흥미로운 상대였다. 대비하지 못했던 제1라운드, 내 펀치는 훌륭하게 빗나갔다. 나는 내가 그 판을 따냈다고 생각했지만 심판이 있었다면 아마 후지데라에게 10점을 주었을 것이다. 하지만 이제 후지데라의 술수는 간파했다. 알고 있는 사실을 전부 듣고야 말겠다.

후지데라가 역 건물에 있는 모스버거에서 만나자고 했다. 개인 카페보다는 편하다. 오사나이에게도 연락해서 후지데라를 만나기 전에 같은 역 건물에 있는 서점에서 합류하기로 했다.

그 서점에서 나는 멍하니 자동차에 관한 잡지를 읽고 있었다. ABS가 탑재되어 있지 않은 파란 박스형 경차에 대한 단서를 찾아보려고 그런 것이지만 당연히 아무 소득도 없었다. 휴대전화를 보니 슬슬 약속 시간이다. 선반에 잡지를 도로 꽂아두고 몸을 돌렸다.

오사나이가 있었다. 나는 소리를 지를 뻔하다가 마음속 동요를 숨기려고 이렇게 말했다.

"왜 뒤에 몰래 서 있는 거야!"

오사나이는 몹시 상처 입은 것처럼 눈물을 글썽거렸다.

"일부러 그런 건…… 나, 나는 그저 고바토에게 말을 걸려고……."

순수하게 받아들여도 될지, 판단 재료가 부족하다.

살펴보니 오사나이는 남색 원피스에 하얀 카디건을 걸치고 있었다. 먼 거리를 걸었던 어제는 운동화를 신고 있었지만 오늘은 광택 있는 메리제인 구두를 신었다. 종합하자면 살짝 멋을 낸 외출복 느낌이다.

우리는 더이상 다른 말은 나누지 않고 서점에서 나왔다. 만나기로 약속한 모스버거는 1층이었고 서점은 3층에 있었다. 하행 에스컬레이터를 타며 우리는 정보를 조금 교환했다. 먼저 나부터.

"우시오는 안 와."

오사나이는 말없이 고개만 끄덕였다. 오지 않을 줄 예상했으리라. 이어서 오사나이도 짤막하게 말했다.

"오카하시하고는 대화 못해."

히사카의 여자친구라는 오카하시는 오사나이와 같은 반이다. 그 부적에 대해 오카하시에게 직접 확인할 수 있다면 가장 좋지만, 상당히 개인적인 사안이니 아무리 행동력 넘치는 오사나이라도 하루아침에 정보를 얻어내지 못하는 것은 당연하다.

에스컬레이터를 갈아타고 1층에 도착했다. 일요일 오후, 모스버거는 손님들로 절반쯤 차 있었다. 역시 휴일이라 깔끔하게 차려입은 사람이 많았고 들려오는 목소리도 다들 즐거워 보였다. 통유리로 된 벽 쪽에 4인석이 몇 개 있었는데 그중 한 곳에 가게 안 분위기와 동떨어진 모습이 보였다. 표정과 온몸으로 긴장감을 드러내는 후지데라가 톨 사이즈 종이컵을 앞에 두고 의자에 앉아 있었다.

후지데라와 눈이 마주쳤다. 나는 후지데라에게 가볍게 손을 흔들고 일단 음료를 주문했다. 나는 아이스커피를, 오사나이는 밀크티를 시켰다.

후지데라의 맞은편에 오사나이와 나란히 앉았다. 후지데라는 교복을 입고 있었다. 오전에 학교에 갈 일이 있었던 걸까, 아니면 선배가 질문하니 예의를 갖추기 위해 그런 걸까. 후자라면…… 조금 미안한 생각도 든다. 일단 가볍게 말을 걸었다.

"기다렸지."

"아니요."

"일찍 왔어?"

"그렇지는……."

종이컵에 맺힌 물방울이 테이블 위에 고여 있는데 종이컵

자체는 이미 말라 있는 것으로 보아, 후지데라가 고작 오 분이나 십 분 일찍 가게에 도착했을 리는 없다.

후지데라는 고개를 살짝 숙인 채로 오사나이 쪽을 힐끔힐끔 살펴보고 있다. 오사나이도 시선을 느꼈는지 살짝 미소를 지어 보였다. 후지데라가 화들짝 고개를 들었다.

"차에 치일 뻔한 여학생?"

"그렇게 불리는 건 두 번째지만, 그건 내 이름이 아니야."

오사나이는 가슴에 손을 얹었다.

"오사나이 유키. 3학년 4반."

후지데라는 순간 말을 잇지 못했다.

"……선배였어요?"

"선배였어."

그리고 후지데라는 정신을 가다듬은 듯 말했다.

"어디 다치지는 않았어요? 저, 그때 도우러 가지를 못해서……."

학교에서 사고 발생 당시 목격한 것에 대해 물었을 때, 후지데라는 어딘가 거동이 수상했다. 제방도로에서 떨어진 여학생에게 아무 도움도 주지 못했던 것에 죄책감을 느껴서 그런 줄 알았는데 나중에야 후지데라의 그런 태도가 히사카의 입막음 때문임을 깨달았다.

겨울철 한정 봉봉 쇼콜라 사건 (하)

하지만 지금 후지데라를 보니 굴러떨어진 여학생을 염려한 것도 사실이었던 것 같다. 오사나이는 고개를 저었다.

"신경쓰지 마. 진짜로 차에 치인 히사카에게 달려간 거잖아. 당연한 일이야. 나는 안 다쳤으니까."

후지데라가 안도의 미소를 지었다.

"그런가요. 그거 다행이네요. 아아, 저기, 저는 후지데라 마코토입니다. 2학년 5반이에요."

"오늘 나와줘서 고마워, 후지데라. 쉬는 날에 미안한데 이야기 좀 해줘."

그리고 오사나이는 자연스럽게 덧붙였다.

"진짜 있었던 일을."

후지데라는 입을 다물어버렸다. 나는 아이스커피를 한 모금 마시고(설탕을 가져올 걸 그랬다. 크림도) 입을 열었다.

"자, 우리가 왜 불렀는지는 알지?"

후지데라는 얼어붙었다. 중학교 생활 삼 년 동안 여러 가지 수수께끼를 풀었지만 이 대사를 입에 담는 날이 올 줄은 몰랐다. 테이블 위에서 손깍지를 끼고 감개무량하게 선언했다.

"네가 뭔가 숨기고 있다는 건 이미 알고 있어. 체념하고 사실을 말해줘."

후지데라의 얼굴에서 핏기가 가셨다.

몇 가지 감정이 찾아왔다. 비밀을 간파해 상대를 몰아세운다니, 제법 재미있는 일이다. 맛을 들일 것 같다. 하지만 다른 한편으로 이번만은 조금 불쌍하기도 했다. 후지데라는 스스로 원해서 정보를 숨긴 게 아니라 히사카에게 부탁받은 것이다. 그런데 이렇게 울상을 짓게 하고 말았다. 지침에 추가해두자, 거짓말이나 비밀을 폭로할 때는 조금 더 배려할 것.

고개를 푹 숙인 후지데라가 힘없이 중얼거렸다.

"숨겨서 죄송했어요."

괴롭힐 마음은 없다. 나는 화해를 제안했다.

"히사카가 그러라고 했지? 그럼 어쩔 수 없지."

"저, 제가 말했다는 건 히사카 선배가 모르게 해주세요."

"당연하지."

그렇게 약속하자 후지데라가 눈에 띄게 안심하더니 종이컵에 꽂힌 빨대에 입을 댔다. 내용물은 보아하니 오렌지주스 같았다.

본론으로 들어가기 전에 한 가지만 확인하고 싶었다.

"너 말이야. 히사카가 혼자가 아니었다는 거, 혹시 경찰에도 말하지 않았어?"

후지데라는 돌덩어리라도 삼킨 표정으로 겨우 대답했다.

"그야, 묻지 않았으니까요."

굉장하다. 선배의 부탁이라면 경찰에게도 말하지 않는 건가. 후지데라의 강인한 의지를 칭찬해야 할지, 배드민턴부의 상하 관계에 오싹함을 느껴야 할지, 아니면 피해자가 혼자 있었는지를 확인하지 않은 경찰이 실수를 저질렀다고 생각해야 할지, 알 수가 없었다.

이윽고 후지데라가 체념한 듯 말했다.

"그래서 저는 어디서부터 이야기하면 되나요?"

나는 오사나이와 시선을 주고받았다. 오사나이가 말했다.

"처음부터 얘기해줘."

후지데라는 고개를 끄덕였다.

"……그날, 4시쯤 동아리 연습이 끝났어요. 도구를 정리하고 일단 교실로 돌아갔는데 친구가 있어서 잠시 수다를 떨었어요. 학교에서 나온 게 4시 50분쯤이었을 거예요."

사고 발생 약 십오 분 전이다.

"고바토 선배에게는 말했지만 저는 평소 제방도로로 다니지 않아요. 차 옆으로 다니는 게 무서워서. 하지만 그날은 저희 부모님이 출장으로 집을 비워서 할머니 집…… 할머니 댁에서 저녁을 먹기로 했는데, 학교에서 할머니 댁 가는 길은 그 길밖에 몰라서요. 그래서 도고 대교에서 제방도로로 들어가 한참 걸어가고 있는데, 앞에서 걷는 사람이 히사카 선배

같다는 걸 깨달았어요. 뒷모습이었지만 역시 느낌으로 알 수 있거든요."

후지데라는 다시 빨대에 입을 댔다. 아까부터 한 번도 내 얼굴을 보지 않는다.

"선배 옆에는 다른 학교 교복을 입은 여학생이 있었어요. 자전거를 끌고 있었고요."

이야기를 중간에 끊고 싶지는 않지만 여기는 중요한 부분이다. 짚고 갔다.

"여학생이 있었던 건 자전거 오른쪽? 왼쪽?"

후지데라는 잠시 고개를 갸웃거렸다.

"으음, 오른쪽이었어요."

"오른쪽부터 순서대로 히사카, 그 여학생, 자전거 순서로 나란히 있었던 거지?"

"맞아요."

나는 고개를 끄덕이고 손짓으로 이야기를 재촉했다. 후지데라는 종이컵에 뻗으려던 손을 거두었다.

"그 여학생은 제가 모르는 교복을 입고 있었어요. 제가 아는 교복이라곤 우리 중학교 것뿐이긴 하지만요. 그래서 선배하고 거리가 가까워지지 않도록 일부러 천천히 걸었어요."

이유를 묻기 전에 후지데라가 먼저 설명했다.

"그 사람이 선배 여동생인 줄 알았거든요. 가족과 함께 있
는 모습은 보통 남들한테 보이기 싫은 법이잖아요. 그래서 선
배와 거리를 두고 걸었어요."

심정은 이해한다. 후지데라가 말을 끊자 내가 재촉했다.

"그리고?"

"그리고……."

후지데라가 오사나이를 쳐다보았다.

"오사나이 선배가 제방으로 올라와 제 쪽으로 다가왔어요.
음, 제게 용건이 있었다는 게 아니라 방향이 그랬다고요. 그
때는 아직 오사나이 선배의 이름을 몰랐지만."

오사나이는 계단으로 제방에 올라가 상류 쪽으로 걸어가기
시작했다.

"오사나이 선배가 올라온 위치는 저와 히사카 선배 사이였
어요. 저는 오사나이 선배를 보고 우리 학교 학생이라고 생각
했어요. 그리고, 그런 다음…… 차가 달려와서 히사카 선배
를 쳤어요."

"일단 다시 한번 물어볼게. 어떤 차였지?"

"옅은 하늘색 경차로, 박스카였어요."

"알겠어. 계속해."

기분 탓인지 후지데라가 창백한 얼굴로 고개를 끄덕였다.

"엄청난 브레이크 소리와 쿵 하는 묵직한 소리가 나더니 선배가 쓰러졌어요. 저는 꼼짝도 못했어요. 굉장히 오랫동안 그러고 있었던 것 같은데, 아마 실제로는 한순간이었을 거예요. 오사나이 선배도 소리를 듣고 뒤를 돌아보았다가 급발진한 차에 치일 뻔해서 제방도로 밑으로 굴러떨어졌어요."

오사나이는 제방 아래까지 떨어진 게 아니라 측단으로 굴러서 다치지는 않았다. 다만 교복은 진흙투성이가 되었고 떨어뜨린 단어장은 물에 불어버렸다.

"전 어느 쪽을 도우러 갈지 망설였어요. 오사나이 선배는 스스로 뛰어내린 것처럼 보이기도 했지만 어쩌면 살짝 부딪혔을지도 모르고, 히사카 선배는 아스팔트에 쓰러져 있고. 그래서 일단 히사카 선배에게 달려갔어요. 선배는 저를 보더니 굉장히 놀라는 눈치였어요. 후지데라냐, 당했어, 하고 웃었는데."

"웃었어?"

"얼굴은 굳어 있었지만 선배는 웃고 있었어요. 선배가 손이 움직이지 않는다고 하니까 선배와 함께 걷고 있던 여학생이 자기 가방 속을 뒤지기 시작했고, 선배가 자기 주머니 속에 휴대전화가 있다며 꺼내달라고 했어요."

"그랬구나!"

나는 무심코 소리를 질렀다. 내가 놓친 정보를 알아차린 것이다. 오사나이와 후지데라, 그리고 가게 안에 있던 몇몇 사람의 시선을 받으며 나는 빠르게 말했다.

"그래, 히사카는 두 손을 다쳤어. 병원에서는 양손 모두 붕대로 둘둘 감겨 있었고. 스스로 구급대나 경찰을 부를 수 없었어. 누군가…… 휴대전화로 연락해준 사람이 있었던 거야!"

후지데라가 약간 주춤거리며 말했다.

"저기, 그러니까, 그 얘기를 지금 하고 있는데요."

아쉽다. 십 분만 빨리 눈치챘어도 후지데라는 내 사고 능력에 경악했을 텐데. 분통해하는 나를 내버려두고 오사나이가 손짓으로 뒷이야기를 재촉하자 후지데라가 끄덕였다.

"……으음, 그 여학생은 히사카 선배가 시키는 대로 구급대에 전화를 걸어 휴대전화를 선배 입가에 가져다댔어요. 선배는 굉장히 냉정하게, 사고입니다, 제방도로 인도에서 차에 치였습니다, 라고 말했고 묻는 말에도 당황하지 않고 대답했어요. 경찰에도 마찬가지였고요. 저는 옆에 서 있었는데, 차에 치이지도 않았는데, 제일 허둥거렸어요. 아무것도 못했어요."

정신을 가다듬고 사고 순간을 다시 상상해보았다. '동행인'은 여학생이고, 신고를 도왔다. 후지데라는 멍하니 서 있었을 뿐이다. 하지만.

"그게 보통이야. 히사카도 네가 옆에 있었으니까 차분하게 행동할 수 있었던 건지도 몰라. 게다가 범인의 차가 돌아오지 않는지 도로를 지켜봤다면서."

"뭐, 그랬죠. ……고맙습니다."

그건 그렇고 문제는 지금부터다. 나는 후지데라가 이야기하도록 내버려두었다.

"신고한 뒤에 선배는 휴대전화는 바닥에 그냥 두라고 했어요. 그리고 걱정스러운 표정을 짓고 있는 여학생에게 괜찮으니까 그만 가라고 했어요. 저는 누군지는 모르지만 그 사람이 분명 남을 줄 알았어요. 히사카 선배의 가족이라고 생각했고, 가족인데 차에 치인 선배를 내버려두고 혼자 돌아가다니, 보통은 그럴 수 없잖아요. 그런데 그 사람은 물론 조금 망설이기는 했지만, 결국 그대로 자전거를 타고 가버렸어요. 저기, 저는, 솔직히 말해서…… 너무하다고 생각했어요."

후지데라의 심정은 차치하고.

"자전거가 달려간 방향은?"

"선배들이 걸어가던 방향, 하류 쪽요. 그리고 여학생이 떠난 뒤에 선배는 그제야 깨달았다는 듯이 저를 보더니 너도 그

겨울철 한정 봉봉 쇼콜라 사건 (하)

만 가라고 했어요. 뒷일은 구급대와 경찰이 처리해줄 테니 가도 된다고요. 하지만 그럴 수도 없잖아요. 여학생이 선배를 두고 갔다는 사실에 깜짝 놀란 저는 선배에게는 대답하지 않고 방금 그 사람은 여동생이 아니냐고 물었어요."

후지데라가 작게 숨을 삼켰다.

"그랬더니 선배가, 처음 보는 무서운 표정으로…… 그 녀석에 대해서는 아무에게도 말하지 말라고, 경찰에도 말하지 말라고 해서."

그 말을 마친 후지데라의 몸에서 긴장이 풀리는 것이 느껴졌다. 마지막으로 한마디 덧붙인 후지데라의 표정에서는 체념과 해방감이 묻어났다.

"그래서 저는 봐서는 안 될 것을 봤구나 싶었죠."

"봐서는 안 될 것?"

그렇게 묻는 내게 대답한 것은 오사나이였다.

"후지데라는 히사카와 오카하시가 사귀는 걸 알고 있었으니까. 그렇지?"

그 질문에 후지데라는 작게 고개를 끄덕였다. 그제야 나도 알아차렸다.

"아아! 양다리 말이구나."

그 가능성은 자명한 사실이라고 생각했기 때문에 오히려 에둘러 표현하니 순간 무슨 이야기인지 몰랐다. 이해하고 고개를 끄덕거리고 있으려니 오사나이가 주의를 주었다.

"표현이 좋지 않아."

후지데라는 새빨간 얼굴로 고개를 숙이고 있었다.

나는 어제 자율 연습에 후지데라가 나타나지 않았다는 사실을 떠올렸다.

"자율 연습에 오지 않은 건 오카하시와 마주치는 게 불편해서였구나."

후지데라는 역시나 새빨간 얼굴로 고개를 끄덕였다.

나는 지금까지 중학교 생활에서 몇 가지 수수께끼를 남들보다 먼저 풀었다. 이번 뺑소니 사건에서는 몇 가지 실수도 저질렀지만, 그것으로 지금까지 쌓은 영광이 사라지는 것은 아니다. 그 경험에 비추어볼 때, 연애가 더해지면 풀어야 할 수수께끼는 이따금 문제의 순수성을 잃고 만다. 인간의 변덕이 노골적으로 드러나 그 어떠한 상식을 벗어난 기묘한 행동도, 이득이라고는 없는 어리석은 행동도 '사랑 때문에'라는 말로 정리되어버리기도 한다. 이번에도 차에 치여 쓰러진 히사카를 남겨두고 자전거를 타고 떠난 수수께끼의 여학생의 행동은 역시 조금 이상하지만, 연애를 하는 사람 특유의 기묘

겨울철 한정 봉봉 쇼콜라 사건 (하)

한 심리가 복잡하게 작용한 결과라고 넌지시 내비친다면 그런가 보다 하고 받아들이는 수밖에 없다.

하지만 그래도 사실과 발견을 축적해가면 진실에 다가갈 수 있다. 가령 히사카와의 관계성이 어떻든 그 수수께끼의 여학생은 히사카를 친 자동차를 가까이서 보았다. 틀림없다.

"그후에는 전에 얘기했던 것과 같아요. 범인의 자동차가 돌아오지 않는지 도로를 지켜보았고, 그러다가 여학생이 제방에서 뛰어내렸다는 게 생각나서 아래쪽을 살펴보았지만 이미 아무도 없었어요. 경찰차가 몇 대나 왔던 것도 사실이에요. 경찰과 구급대가 왔고, 경찰은 이송을 조금 기다려달라고 했고 구급대는 현장에서 유턴하고 싶다고 했는데, 결국 둘 다 불가능하다는 얘기도 실제로 들었어요. 작업복 같은 걸 입은 사람들이 현장 주변 도로를 한 차선만 열어두고 양쪽에서 오는 차들을 번갈아 보내며 조사를 시작했고 제게도 상황을 물었어요. 저는 그러는 동안에도 범인의 차가 돌아오지 않을까 계속 신경쓰였어요."

전부 전에 들었던 내용이다. 아무래도 히사카가 입막음한 부분 외에 거짓말은 없었던 모양이다.

우리는 후지데라에게 진짜 있었던 일을 들었다. 앞으로 취할 행동을 정해야 한다. 그 기로에 무엇이 있는지 오사나이도 알아차렸는지, 옆에 앉은 내게 고개를 돌리더니 이렇게 물었다.

"어떻게 할래?"

나는 대답했다.

"실은 어제 두 가지 패턴을 고려해봤어. 후지데라가 해주는 이야기에 따라 히사카가 '동행인'의 정체를 말해줄 것 같으면 병원에 간다. 말해주지 않을 것 같으면 우리끼리 '동행인'을 찾는다."

나는 잠시 짬을 두고 이어서 말했다.

"다만 지금 이야기를 들어보니 히사카가 대답해주진 않을 것 같아."

히사카는 차에 치였는데도 그 '동행인'을 숨기는 쪽을 택했다. '동행인'도 현장을 떠나는 것에 순순히 동의했다. 그렇게까지 감추고 싶은 상대의 정체를 알려달라고 부탁한다고 말해줄 것 같지는 않다. 그 여학생은 우리끼리 찾는 수밖에 없는데, 어떤 방법을 쓸 수 있을까?

오사나이는 내 말에 고개를 끄덕거리더니 후지데라에게 물었다.

"그 애는 어떤 아이였어?"

"어떤 아이였냐니……."

"키라든가, 특징이라든가."

후지데라는 고개를 갸웃거렸다.

"안경을 쓰고 있었어요. 머리는 제법 길었던 것 같아요. 키는…… 평범했다는 말밖에는……."

그것만으로는 아무래도 단서로는 약했다. 내가 질문을 덧붙였다.

"교복을 입고 있었다고 했지. 어떻게 생긴 교복이었는지 기억나?"

후지데라는 자신 없는 투로 대답했다.

"아마."

"보면 알 수 있겠어?"

"네, 아마도."

그렇다면 충분하다. 후지데라에게는 미안하지만 정보를 조금 더 받아내야겠다.

"그럼 실물 대조를 해야겠네. 아니, 모형 대조라고 해야 하나."

내 말에 후지데라가 눈썹을 찌푸렸다. 이상한 말을 한다고 생각한 모양이다.

설명은 나중에. 바로 알게 될 테니.

"그럼 가볼까?"

"네? 어디를요?"

밀크티가 든 종이컵을 두 손으로 감싸고 있던 오사나이가 조용히 말했다.

"교복 가게."

내가 할 대사인데. 나는 오사나이에게 조금 비난 어린 시선을 던졌다.

내 교복은 '레모라'라는 쇼핑몰에 있는 가게에서 샀지만 시내에도 교복 가게가 몇 군데 있다는 건 안다. 그리고 오사나이는 그런 가게 중 하나를 알고 있는 듯했다.

우리는 모스버거에서 나와 시내 중심가를 걸었다. 초여름 햇살은 오늘도 뜨거웠지만 중심가에는 아치 지붕이 있어 다니기 편했다.

이 거리에는 은행과 보험회사가 즐비했다. 아마 평일에는 그런 곳에서 일하는 사람들로 적당히 붐빌 텐데 일요일인 오늘은 몹시 한산했다. 거리는 그대로인데 사람만 사라진 듯한 길을 우리는 묵묵히 걸었다.

오사나이가 앞장을 섰다. 시내 중학교 교복이라면 전부 갖추고 있는 가게를 안다고 했다. 아이디어는 내가 먼저 떠올렸는데, 교복 가게의 구체적인 위치라는 문제에서 선수를 빼앗

　　　　　　　　　　　겨울철 한정 봉봉 쇼콜라 사건 (하)

기고 말았다.

후지데라는 어째서 자기가 일요일 오후에 교복 가게에 끌려가야 하는지 영 이해할 수 없다는 표정이었지만 사실을 감추었다는 죄책감 때문인지 불평 없이 따라왔다.

오사나이가 추천하는 가게에는 역에서부터 십 분 만에 도착했다. 가게 쇼윈도에는 마네킹이 놓였는데, 거리에서 종종 보는 고등학생 교복을 입고 있었다. 가게는 건물 1층과 2층을 차지하고 있었다. 밖에서 보아 특별히 낡거나 지저분한 구석은 없었지만 세월이 느껴지는 가게라는 건 어쩐지 알 수 있었다. 간판에는 "아키쓰야"라고 적혀 있다.

가게 앞에서 오사나이가 선두를 양보했다.

"뭘 보러 왔느냐고 물으면 알아서 잘 대답해."

그런 억지가. 게다가 그런 변명은 오사나이도 못하지는 않을 텐데.

그렇지만 뭐, 부탁하니 받아들여야지. 가게 유리문은 수동 쌍여닫이문이었고, 내부 조명은 밝았다.

가게 안에는 교복을 주르륵 걸어둔 옷걸이와, 각각 다른 교복을 입은 마네킹이 잔뜩 놓여 있었다. 제법 널찍한 가게 같은데 면적에 비해 옷이 차지하는 공간이 너무 커서 조금 비좁게 느껴질 정도다. 가게 안에는 아무도 없었는데 어디선가 출입을 알리는 벨소리가 울리자 안 쪽에서 남자가 나왔다. 심통 사납게 생긴 사람이면 불편하겠다 싶었는데 쾌활해 보이는 젊은 사람이 다가왔다.

"어서 오세요. 뭐 찾으시는 거라도 있나요?"

아무래도 목적 없이 자유롭게 둘러보게 내버려두는 가게는 아닌 것 같다. 알아서 잘 대답하라고 했으니 잘 해봐야지.

"저, 죄송합니다. 저희는 다른 학교에서는 어떤 교복을 입는지 조사하고 있는데, 좀 구경해도 될까요?"

점원은 흔쾌히 대답했다.

"그럼요, 마음껏 보세요. 중학교 교복은 2층에 있습니다. 용건이 있으면 불러주세요."

그렇게 관문은 통과했다. 내 재치 덕분이 아니라 단순히 점원이 마음씨 좋은, 혹은 털털한 사람이라 허락해준 게 명백해서 조금 허망한 기분이었다.

계단 옆에 안내판이 붙어 있었다. 1층은 고등학교 교복이고 중학교 교복은 2층에 있다. 계단을 올라갔다.

의식한 적은 없었지만 시내에는 고등학교보다 중학교가 더 많은 것 같았다. 2층에는 옷걸이에 걸린 교복은 적었고 마네킹 수가 많았다. 우리 중학교 교복도 눈에 띄는 곳에 걸려 있었다.

겨울철 한정 봉봉 쇼콜라 사건 (하)

후지데라는 교복 수에 지레 겁을 먹었다.

"이걸 전부 봐요……?"

"안 봐도 돼. '동행인'이 입고 있던 교복만 찾으면 돼. 그럼 부탁할게."

그렇게 말하고 나는 오사나이와 함께 계단 양옆에 섰다. 의도한 건 아니었지만 마치 후지데라가 달아나지 못하도록 퇴로를 막는 꼴이었다. 후지데라는 더이상 아무 말도 하지 않고 교복을 하나하나 관찰하기 시작했다. 오사나이와 나는 가만히 그 모습을 지켜보았다.

후지데라를 눈으로 좇으며 내가 입을 열었다.

"오사나이."

"왜?"

"대답하기 싫으면 대답 안 해도 되는데."

오사나이 역시 후지데라에게서 눈을 떼지 않았다.

"그럼 아마 대답 안 할 텐데, 왜?"

"그날, 오사나이는 계단으로 제방도로로 올라갔지. 그리고 상류 쪽으로 걸어가기 시작했어."

"응."

그때 제방도로에는 히사카, 수수께끼의 동행인, 후지데라가 있었다. 후지데라가 그 길을 지난 이유는 들었다. 히사카가 그 길에 있었던 이유는 묻지 않았지만 학교에서 멀어지는 방향으로 걸었다는 점을 감안하면 아마 단순히 집으로 가는 길이었다고 생각해볼 수 있다.

하지만 오사나이는 제방으로 올라와 학교 쪽으로 걸어갔다. 나는 아직 그 이유를 듣지 못했다.

"어디에서, 어디로 가고 있었던 거야?"

오사나이가 나를 힐끔 보았다.

"우리는 뺑소니범을 찾고 있어. 고바토는 허영심을 위해, 나는 복수를 위해. 장담하건대 그날 내 행동은 사건과 아무 상관 없어. 그러니까, 비밀이야."

"믿고 싶지만."

"고바토는 수수께끼를 풀고 싶지? 풀어서, 내 손에 걸리면 식은 죽 먹기라고 말하고 싶은 거야. 수수께끼를 풀고 싶은 거지, 정보를 알고 싶은 타입은 아닐 텐데?"

그것은 흠잡을 데 없이 정확한 인식이다. 하지만 지금 나는 단순한 흥미로 묻는 게 아니다.

"일단 가능성일 뿐인데…… 뺑소니범이 정말 단순히 사고로 히사카를 친 건지 모르겠어."

"의도적으로 쳤다는 거야? 박스카는 히사카를 치지 않으려고 브레이크를 밟았잖아."

"하지만 쳤지."

"그건 그저 결과야."

"히사카 때는 분명 브레이크를 밟았어. 하지만 그후 브레이크를 밟지 않고 돌진한 상대가 있어."

오사나이다. 어쩌면 범인의 진짜 표적은, 오사나이였던 게 아닐까?

오사나이가 앞을 바라본 채로 고개를 살짝 숙였다.

"……아직 성과는 없지만 고바토는 나를 도와줬어. 내 말을 믿어줬어. 그러니까 말해줄게."

나는 오사나이를 보았다. 비밀이 있었단 말인가!

오사나이가 속삭이듯 말했다.

"나, 그 사고가 일어나는 순간에 죽는 줄 알았어. 무서웠어, 떨릴 정도로. 있지, 고바토. 죽을 뻔한 사람에게 그건 사고가 아니라 살의가 깃든 행동의 결과일지도 모른다고 암시하는 건 하나도 재미없는 농담이야."

농담으로 한 말이 아니라고 말할 뻔했다. 하지만 나는 간신히 그 말을 삼켰다. 오사나이는 지금이라면 농담으로 눈감아주겠다고 말하는 것이다.

조금 뜸을 두고 오사나이가 말을 이었다.

"아무에게도 해코지당할 이유가 없다고 말하지는 않겠어.

살해당할 뻔할 정도로 원망을 샀다고 생각하기는 싫지만 어디서 원망을 샀을지 알 수 없는 법이니까. 하지만 그때 내가 그 제방도로로 올라간 건 나도 예상할 수 없는 우연이었어. 그런 나를 노릴 수 있는 사람은 아무도 없어. 고바토 주장이 맞는다면 뺑소니범은 히사카를 친 뒤에 다시 진짜 표적인 내 쪽으로 돌진했다는 뜻이야. 아니야, 고바토, 그건 성립하지 않아."

……오사나이의 주장이, 옳다.

"그러네. 그 말이 맞아. 질문을 취하할게."

"고바토는 모를지도 모르지만 자기가 틀렸다고 생각했을 때 그렇다고 말할 수 있는 건 굉장한 일이야."

그런 당연한 일로 칭찬해도 어떻게 반응해야 할지 난처하다. 자기가 틀렸는데 틀리지 않았다고 고집을 부리는 사람이 있을까?

오사나이가 살짝 웃는 것 같았다.

"그럼 질문을 취하해주었으니 알려줄게. 나는 고민을 하고 있었어. 걸어가면서 고민하고 있었는데, 집에 거의 다 갔지만 조금 더 생각하고 싶어서 막다른 길에서 모퉁이를 돌아서 걸었어. 그 계단이 제방도로로 이어진 것도 올라가보고서야 알았을 정도야."

나는 어떤 표정을 짓고 있었을까? 오사나이는 다시 평소처럼 감정을 드러내지 않는 표정으로 돌아갔다.

"못 믿겠지? 믿을 이유가 없잖아. 그래서 말하기 싫었어."

"믿지 않는 건 아니야. 여기서 고민거리가 뭐였는지 묻는 게 실례일까 생각하고 있었을 뿐이지."

오사나이가 이번에는 또렷하게 웃었다.

"확실히 그건 조금 실례야."

산더미 같은 마네킹 사이에서 후지데라가 외쳤다.

"저기, 선배! 이거 같아요!"

후지데라는 어느 마네킹 옆에 서 있었다.

마네킹이 입은 교복의 셔츠는 하늘색에 가까웠다. 가슴께에는 자그마한 연지색 리본이 달려 있고 치마는 체크무늬였는데, '다케마쓰 중학교'라는 표지가 달려 있다. 오사나이가 고개를 갸웃거렸다.

"다케마쓰 중학교가 어디지?"

나는 교복을 보며 대답했다.

"남쪽에 있지 않나. 거의 현 경계 쪽."

"거기서 사고 현장까지 얼마나 걸릴까?"

"자전거로 한 시간……까지 걸리지는 않으려나. 아마도

사십 분 정도?"

오사나이는 머리 위에 물음표라도 떠 있는 듯한 표정이다. 나 역시 석연치 않았다. 다케마쓰 중학교는 너무 멀다. 거기에서 교복을 입은 채로 자전거를 타고 우리 중학교와 가까운 사고 현장 부근에서 히사카와 합류했다니, 아무래도 잘 상상이 되지 않았다.

그리고 무엇보다 실물 대조(모형 대조)를 한 후지데라 역시 전혀 자신이 없어 보였다. 지금 자기가 고른 교복을 보면서 불안한 듯 눈썹을 찌푸리고 있다. 다그칠 생각은 없지만 확인해볼 필요가 있겠다.

"어째서 이거라고 생각했어?"

후지데라는 주저하며 말했다.

"음…… 소매 라인 때문에요. 이런 느낌으로 두 줄이 있었거든요. 하지만 조금 다를지도 모르는 게, 옷깃이 세일러 칼라였던 것 같아요."

마네킹이 입고 있는 교복은 셔츠 칼라다.

"가슴께에 리본이 달려 있었어?"

"어, 리본이라기보다는 스카프였어요. 남색이었던 것 같아요."

"스커트는 체크무늬였지?"

"아니, 민무늬…… 였던 것 같은데…….."

그렇다면 이렇게 말할 수밖에 없다.

"그럼 아니네."

"그렇죠? 예."

후지데라도 순순히 시인했다.

어느새 다른 마네킹을 둘러보고 온 오사나이가 창가에서 말했다.

"하지만 소매에 라인이 두 줄 들어간 여름 교복은 그것뿐이야."

그 말이 하고 싶었다는 듯이 후지데라의 목소리가 커졌다.

"맞아요! 그래서 이 학교인 줄 알았어요."

하지만 셔츠 칼라와 세일러 칼라, 연지색 리본과 남색 스카프, 민무늬와 체크무늬는 달라도 너무 다르다.

"교복으로 보이지만 사실은 사복이었을 가능성은?"

후지데라가 고민했다.

"솔직히 그 사람 복장을 자세히 본 건 아니었어요."

뭐, 눈앞에서 동아리 선배가 쓰러졌으니 그럴 정신이 없었을 것이다. 하지만 후지데라는 이런 말도 덧붙였다.

"하지만 가슴께에 교표 같은 마크가 붙어 있는 건 봤어요. 그래서 교복이라고 생각했는데."

다케마쓰 중학교 여름 교복 가슴께에는 이중으로 된 육각형 안에 '中'이라고 적힌 교표가 박혀 있었다. 하지만 아무리 교표가 있어도 '동행인'이 이 교복을 입고 있었다고 생각할 수는 없었다.

"어떻게 생긴 교표였는지 기억나?"

"……뭔가 출렁출렁한……."

"출렁출렁?"

"죄송해요, 모르겠어요. 하지만 확실히 이 마크하고는 달랐어요."

뭐, 확실히 눈앞의 교표는 '출렁출렁'이 아니라 '딱딱'한 모양이다.

내 옆으로 돌아온 오사나이에게 물었다.

"이 가게에 시내 중학교 교복은 전부 있는 거지? 사립도 포함해서."

당연히 오사나이가 장담할 수 있는 내용이 아니었다.

"모르겠어. 하지만 사립 교복도 있었어."

나는 팔짱을 꼈다.

"시내가 아니면 시외 학교일까? ……하지만 시외 중학생이 교복을 입은 채로 자전거로 히사카를 만나러 올까?"

한편 오사나이는 다른 생각이 있는 것 같았다. 우리를 차

겨울철 한정 봉봉 쇼콜라 사건 (하)

례로 바라보더니 말했다.

"따라와."

오사나이가 향한 곳은 계단이었다. 1층으로 내려갔다.

계단을 내려가기 전에 나는 오사나이의 의도를 헤아렸다. 후지데라는 '동행인'을 히사카의 '여동생'이라고 생각했다. 나는 어쩌면 어리석게도 그 말에 유도당한 모양이다. 연하로 보였다고 해서 당연히 연하인 것은 아니다. 후지데라는 처음에 오사나이가 1학년생일 거라고 하지 않았던가.

1층에 있는 것은 고등학교 교복이다.

"자, 후지데라. 한 번 더 부탁해."

후지데라가 고개를 끄덕였다. 그리고 이번에 우리는 오래 기다리지 않았다. 겨우 몇십 초 만에 후지데라는 정확하게 교복 하나를 가리켰다.

"이거예요. 이거였어요."

교복 소매에는 라인 두 줄이 들어가 있고, 가슴께에는 숫자 '8'을 세로선이 꿰뚫고 있는 듯한 마크가 붙어 있었다. 그리고 마네킹 목에 걸린 표에는 "오요 고등학교"라고 적혀 있었다.

오늘도 새벽에 잠에서 깼다.

삼 년 전, 나는 후지데라의 도움을 받아 히사카와 동행했던 인물이 다니는 학교를 알아냈다. 한 걸음 한 걸음이지만 진실에 다가가고 있었다.

　그런 줄 알았다.

　실제로는 대체 무엇에 다가가고 있었던 걸까? 적어도 뺑소니를 둘러싼 조사(내가 그렇게 생각했던 것)는 끝나가고 있었다. 오요 고등학교, 어른들, 그리고 통증……. 새벽은 과거를 돌아보기에 좋은 시간이 아니다. 오늘 해야 할 일을 생각하고 다가올 하루를 대비하는 시간이다. 나는 긴 한숨을 쉬고 회상을 떨쳐냈다.

　머리맡을 뒤졌지만 아무것도 없었다. 입시가 다가오니 역시 오사나이도 그렇게 매일 문병을 올 수는 없을 것이다. 오히려 지금까지 너무 성실했다.

　병실을 둘러보았다. 새벽녘 햇살이 커튼 너머로 들어와 어슴푸레하나마 실내가 보였다. 침대와 부모님이 가져다준 갈아입을 옷, 손님용 작은 의자, 테이블, 테이블 위에는 늑대 인형, 봉봉 쇼콜라 상자, 꽃과 꽃병…….

　꽃?

　꽃이 늘었다. 협탁에는 오사나이가 선물한 장미꽃이 아직 향기를 뿜어내고 있었다. 테이블 위에는 꽃이 없었을 텐데,

지금 거기에는 삼각플라스크처럼 아래가 넓은 하얀 꽃병에 이름 모를 꽃이 꽂혀 있다. 나는 테이블에 손을 뻗어 꽃병을 쥐었다.

물이 들어 있는 감촉은 없었다. 겉보기로 상상했던 것보다 가볍다. 드라이플라워다.

모처럼 문병을 와주었으니 직접 받고 싶었다. 오사나이와 하고 싶은 이야기가 잔뜩 쌓여 있다. 수사 진척, 정보 교환, 그리고 무엇보다 무리하지 말라고 전하고 싶다. 그런데 나는 어젯밤에도 잠들어버렸다. 그런 생활 리듬이 몸에 배어버린 건지, 자극이 부족한 입원 생활에서는 잠도 일찍, 깊게 찾아오는 건지. 이 정도로 타이밍이 어긋나니 오사나이도 사정을 고려해서 내가 확실히 깨어 있을 낮에 와주면 좋을 텐데…… 그렇게 생각은 하지만 지금까지 받은 메시지로 볼 때 아무래도 나를 친 범인을 알아내는 데 낮 시간을 쓰는 것 같았다.

꽃 사이에 작은 봉투가 끼워져 있었다. 손끝으로 집어 펼쳐보았다.

밤, 꽃에 물을 줘.

오사나이가, 메마른 꽃에 물을 주라고 한다.

　덕분에 뒤늦게나마, 내가 대체 어떤 입장에 처해 있는지 겨우 깨달았다.

겨울철 한정 봉봉 쇼콜라 사건 (하)

제8장

행운의 별

간호사가 도와줘야 한다는 조건이 붙었지만 휠체어 사용이 허락되자 마부치 씨의 재활 훈련 프로그램이 바뀌었다. 지금까지는 침대에 누운 채로 스트레칭을 했을 뿐인데 오늘은 침대 옆에 앉아 다치지 않은 왼쪽 다리를 굽혔다 펴는 운동이 추가되었다.

마부치 씨는 긴장한 기색은 아니었지만 진지했다. 앉은 자세로 바꿀 때 수술한 오른쪽 다리에 부담이 가지 않도록 지켜봐주고 거들어주기도 했다. 시키는 대로 스트레칭을 하면서 전부터 궁금했던 것을 물어보았다.

"마부치 씨는 매일 와주시네요."

내가 차에 치인 건 22일이었다. 재활 훈련을 시작한 게 분명 25일이고, 오늘이 30일. 이제 올해도 끝나간다. 그리고 마부치 씨는 연말에 최소 엿새 연속으로 출근했다.

마부치 씨는 웃었다.

"그러네요."

"휴일은 없어요?"

"있지만, 없죠."

마부치 씨가 쾌활한 웃음을 머금은 채로 계속 말했다.

"연말이라 일손이 부족해서. 근무 일정을 짤 때 저 같은 독신은 부리기 쉬우니 쉬는 날이 적죠. 올해는 제가 끝까지 담당할 겁니다."

"새해에는 다른 사람이 오나요?"

"올해 마지막 날하고 새해 첫 날은 저도 쉬지만, 다른 사람이 대신 오는 건 아니에요. 간단한 운동이지만 훈련 프로그램을 짜줄 테니 직접 해야 해요. 위험하지 않도록 침대 위에서 할 수 있는 프로그램을 준비했으니 나중에 알려줄게요."

하다못해 연말연시만이라도 마부치 씨가 쉴 수 있다니 다행이다. 반면 간호사는 계속 출근하는 듯했다. 확실히 새해 첫 날이라고 굶어도 된다거나 증상이 안정된다는 보장은 없으니, 공휴일이라고 쉴 수 있는 건 아니겠지. 힘든 직업이다.

"제 담당 간호사도 계속 출근하고 계시네요."

"고바토 군 담당이라기보다는, 이 층을 담당하는 거겠지만요. 누구지?"

"모르겠어요. 머리가 굉장히 짧은, 젊은 여자분이에요."

마부치 씨가 고개를 갸웃거렸다.

"안경을 썼나요?"

"안 썼어요."

"그럼 모르겠네. 뭐, 젊은 사람은 연속으로 근무하는 경우가 더 많으니까요. 베테랑이라도 수간호사는 연속으로 출근하지만. 열흘 연속이나, 더 긴 경우도 있을지도."

어쩐지 사회에 나가서 일하는 게 두려워졌다.

재활 훈련을 마치고 얼마쯤 지나 점심시간은 아직 이른데도 항상 오는 짧은 머리 간호사가 왔다. 지금은 링거도 맞고 있지 않은데 무슨 용건인가 했더니 이렇게 묻는 것이었다.

"고바토 씨. 산책하고 싶은가요?"

"산책요?"

"병원 밖으로 나갈 수는 없지만 옥상이나 안뜰에는 나갈 수 있어요."

몸이 허락한다면 펄쩍 뛰어올라 기쁨을 표현하고 싶었다!

사고 이래로 나는 한 번도 밖에 나가지 못했다. 세 번의 식사와 진료, 재활 훈련, 그리고 즐거운 기억이라고 할 수는 없는 과거 회상만 되풀이하는 나날을 보내고 있었다. 내가 아웃도어파라고 생각한 적은 없었는데 태양 아래로 나갈 수 있다는 말을 듣고 이렇게나 가슴이 설레다니 뜻밖이었다. 가기 싫으면 거절할 이유도 있었지만 나는 그보다는 자연스러운 행동을 선택했다.

"부탁드릴게요."

간호사는 어색한 미소를 지었다. 산책 제안은 다른 사람이 시킨 일이거나 정해진 입원 프로그램의 일환일지도 모른다. 어쨌거나 간호사 개인이 베푼 호의는 아니라는 것을 알아차렸다. 간호사는 내가 얌전히 안정을 취하는 쪽이 좋을 테니 내키지 않겠지만, 그렇다고 해서 여기서 눈치를 볼 마음은 없었다.

어제처럼 간호사의 도움을 받아 휠체어에 올랐다. 어제는 휠체어가 밀리는 바람에 식은땀을 흘렸지만 오늘은 아무 문제도 없었다. 발판에 다리를 얹자 간호사가 손잡이를 쥐고 물었다.

"옥상과 안뜰, 어디로 갈까요?"

모처럼 밖에 나가는 거니 바람도 느끼고 싶다.

"옥상으로 부탁드려요."

말없이 휠체어를 밀려는 간호사에게 황급히 물었다.

　　　　　　　　　　　　　　겨울철 한정 봉봉 쇼콜라 사건 (하)

"춥지 않을까요?"

"춥겠죠."

"담요 좀 덮어주시겠어요?"

간호사는 그건 생각도 못했다는 표정을 지었다. 이윽고 나는 휠체어 위에서 담요에 둘러싸인, 내가 생각해도 조금 깜찍한 모습으로 병실을 나섰다.

병실에서 나가 먼저 왼쪽으로. 이어서 오른쪽으로 꺾는다. 나는 간호사에게 물었다.

"옥상에 올라갈 수 있나 보네요."

대답은 간결했다.

"갈 수 있어요."

"학교 옥상은 출입 금지거든요. 병원 옥상에서는 침대 시트 같은 걸 말리기도 하나요?"

살짝 웃는 기척이 느껴졌다.

"아뇨, 옥상은 정원이에요."

"공중정원인가요?"

간호사는 내 고대사 농담은 들은 체도 하지 않았다.

"환자분들 중에는 장기간 퇴원하지 못하거나 외출하지 못하는 분도 계시니까요."

그래서 하다못해 옥상 정도는 나갈 수 있도록 정비한 건

가. 아직 입원한 지 열흘도 지나지 않았지만 그런 배려는 기뻤다.

복도 막다른 곳에서 오른쪽으로 꺾고, 다시 오른쪽으로 꺾었다. 화장실 가는 길과 같은 방향이다. 실제로 화장실 앞에 엘리베이터가 있었다.

엘리베이터 안은 정원이 수십 명은 될 것처럼 넓었다. 꽉 채우면 얼마나 탈 수 있을까?

층수 버튼을 누르는 간호사를 보면서 어째서 이렇게 넓은 엘리베이터가 필요한지 생각하다가 문이 닫히고 엘리베이터가 움직이기 시작할 때 들것이나 이동식 침대, 휠체어 때문이라는 것을 깨달았다.

간호사가 '5'가 표시된 버튼을 눌렀다. 우리 말고 엘리베이터를 타는 사람은 없었다. 엘리베이터가 조용히 올라가고 문이 열렸다.

복도로 나갔다. 정면에 커다란 터치식 자동문이 있었다. 간호사가 버튼을 눌러 문을 열었다.

문 앞은 방풍실로 똑같은 문이 하나 더 있었고, 이 문도 마찬가지로 간호사가 열어주었다. 문이 열리자마자 바람이 들이쳤다.

얼어붙을 듯한 겨울바람이다. 나는 그 차가운 바람을 가슴

깊이 들이마셨다. 크게 호흡하면 금이 간 갈비뼈가 아프지만 아무래도 좋았다. 상쾌했다. 폐에 차 있던 나쁜 공기가 단숨에 빠져나가는 느낌마저 들었다.

간호사가 휠체어를 밀어줘서 옥상정원으로 들어갔다.

꽃 피는 계절이라면 훨씬 화려했을지도 모른다. 신록의 계절이라면 눈이 부셨을지도 모른다. 12월도 끝나가는 이 시기, 옥상정원은 쓸쓸했다. 상록수도 잎이 시들었고 화단으로 보이는 장소는 흙만 곱게 깔려 있었다. 하지만 나는 겨울이 이토록 아름다운 계절이었는지 몰랐다. 하늘은 맑고, 햇살은 밝고, 찬바람이 피부를 훑고 간다.

차분하게 둘러보니 옥상정원은 그리 넓지 않았다. 다리에 문제만 없으면 한 바퀴 달리는 데 십오 초면 충분해 보였다. 하지만 화단이나 아치를 배치해 일부러 시야를 가림으로써 좁은 면적이라 느끼지 못하도록 만들어놓았다.

정원에는 먼저 와 있는 사람이 있었다. 노인이 혼자 나무 벤치에 앉아 멍하니 하늘을 바라보고 있다. 환자복만 입어서 바람이 불면 상당히 추울 텐데 전혀 개의치 않는 눈치다. 우리를 보고 살짝 고개를 숙이길래 나도 고개 숙여 인사했다. 말을 걸어오려는 기색은 없었다.

하얀 철책이 정원 가장자리를 막고 있었다. 높이 세워진

철책은 뾰족한 윗부분이 방범용처럼 안쪽으로 구부러져 있었다. 혹시나 누가 기어 올라갔다가 떨어지지 않도록 대비한 것이리라.

철책 너머로 시가지가 보였다. 건조한 계절이라 강수량이 적어 물줄기가 초라하게 가늘어진 이나바 강이 보였다. 이나바 강 옆으로 난 제방도 보였다. 저기서 죽을 뻔했다고 생각하니 계속 보고 싶으면서도 도저히 쳐다보기 힘든, 이상한 기분이 들었다. 나는 웃고 있었다. 이렇게 작은 정원에서 이토록 유쾌해질 줄은 상상도 못했다.

나는 휠체어를 미는 간호사를 돌아보았다.

"고맙습니다. 데려와주셔서."

"아뇨. 만족하셨다면 다행이에요. 추우니 그만 돌아가죠."

"그전에 한 가지만 알려주세요. 혼자 휠체어를 탈 수 있게 되면 여기에는 언제든 올 수 있나요?"

간호사는 나를 힐끔 내려다보았다.

"환자분이 자유롭게 출입할 수 있는 건 아침 8시부터 저녁 5시까지고, 그후에는 간호사가 반드시 함께 와야 합니다."

충분하다.

사실 잘 생각해보면, 혼자 휠체어를 탈 수 있을 정도로 회복한다면 분명 외출도 허락될 것이다. 외출이라…… 뭘 할까? 그때쯤이면 봄이 되었을 테니 '앨리스'에 딸기 타르트라도 사러 가는 건 어떨까? 오사나이는 대학 진학을 희망했으니 원서를 넣은 곳에서 전부 떨어지지 않는 한 내년에는 이 동네에 없다. 타르트는 내 독차지다.

간호사가 다시 말했다.

"자, 추우니까요."

아쉬워서 하늘을 올려다보았다. 나는 길에 쌓여 있던 눈 때문에 피할 곳이 없어 차에 치였다. 지금 하늘은 한없이 맑아 눈이 내릴 기미가 없었다.

나는 어깨 너머로 간호사를 돌아보았다.

"고맙습니다."

"……."

"늘 고맙습니다."

짧은 머리 간호사가 상냥하게 웃었다.

'아키쓰야'에서 확인한 교복은 오요 고등학교 교복이었다.

나와 오사나이는 중학교 3학년이라 통학 가능한 범위에 있는 고등학교에 대해 최소한의 지식이 있었다. 오요 고등학교는 사립으로 예전에는 여학교였다. 대학 진학반도 있지만 실업계라는 인상이 강하고 그 밖에도 몇 가지 교육과정이 있었다. 한마디로 졸업 후 바로 일하기 위해 필요한 실질적인 교육을 받을 수 있는 학교라는 이미지다.

이튿날 월요일, 나는 같은 반 친구와 담임 선생님에게 오요 고등학교가 어디 있는지 물어보았다. 담임 선생님은 내가 진학하려는 학교가 오요 고등학교가 아니라는 것을 알고 있다 보니 의아한 표정을 지었지만 딱히 깊이 추궁하지 않고 알려주었다.

"강 건너편에 있어. 자전거로 십 분 정도 걸리려나."

다시 말해 이 중학교에서 그리 멀지 않은 것이다. 히사카의 동행인이 오요 고등학교 학생이었을 가능성과 모순되지 않는 결과다.

교내에서는 휴대전화 사용 금지라 수업이 끝날 때까지 나와 오사나이는 연락을 주고받지 않는다. 방과 후에 학생들이 삼삼오오 집으로 돌아갈 때, 미리 약속한 대로 교문 밖에서 오사나이와 합류했다. 세탁소에서 찾아왔는지 오사나이는 여름 교복을 입고 있었다.

자전거로 십 분 거리라면 걸어서도 충분히 갈 수 있는 범위다. 오사나이도 독자적으로 조사해 오요 고등학교의 위치를 알아냈으리라.

"갈까?"

길게 설명하지 않아도 오사나이는 작게 끄덕이고 걸음을 뗐다.

우리는 곧 이나바 강을 지나는 철교를 건넜다. 차가 지날 때마다 다리가 흔들려, 트럭이나 트레일러가 지나가면 무서울 정도로 진동이 느껴졌다. 문득 아래를 내려다보니 제방도로가 다리 밑을 지나고 있었다. 그저께 우리가 지나갔던 언더패스다.

수면 위를 지나는 초여름 바람과 지나가는 자동차의 풍압이 우리를 때렸다. 우리는 별다른 이야기를 하지 않았다.

오요 고등학교는 인도가 있는 도로 쪽에 있었는데 교문에는 아치형 장식이 걸려 있었다. 교실 건물이 있는 부지에는 벽돌이 깔려 있고, 삼 층짜리로 보이는 커다란 체육관에는 세로선이 '8'을 꿰뚫고 있는 학교 마크가 걸려 있었다. 우리가 수업을 마치고 왔으니 오요 고등학교도 마찬가지로 하루 수업이 끝났어도 이상하지 않다. 하지만 아직 수업이 계속되고 있는 건지, 오요 고등학교에는 동아리 활동에 전념하는 학생이 많은 건지, 하교하는 학생은 많지 않았다.

오사나이가 말했다.

"학생 수는 약 천 명이래."

"천 명이라……."

교문에는 플라스틱판이 붙어 있었는데 온화한 인상의 둥근 고딕체로 "관계자 외 출입 금지"라고 적혀 있었다. '금지'만 붉은 글자라서, 금지라면 금지지, 예외는 없다고 주장하는 것 같았다.

이 학교에 누구보다 가까이서 히사카의 사고를 목격한 '동행인'이 있다. 우리는 그 여학생을 찾아내 뺑소니범에 대해 물어봐야 한다.

내가 물었다.

"남녀 비율은 어떻게 될까?"

"전에 여학교여서 지금도 여학생이 많다고 들었어."

설령 남녀 비율이 일대일이라고 해도 여학생만 오백 명이다. 얼굴을 전부 확인하는 게 불가능하지야 않겠지만 어려운 일이다. 게다가 전교생을 교정에 일렬로 나란히 세운다 하더라도 '동행인'을 찾아낼 수는 없다. 나도 오사나이도 '동행인'의 얼굴을 모르고, 히사카를 제외하면 그 얼굴을 알아볼 사람은 후지데라뿐이니까.

"이제 어쩐다?"

내가 그렇게 말한 것은 막막해서가 아니라 오사나이는 어떤 방법을 생각하고 있는지 묻는 것이었다. 예상대로 오사나이에게는 생각이 있었다.

겨울철 한정 봉봉 쇼콜라 사건 (하)

"돈이 조금 들지만…….."

오사나이는 난처한 듯 그런 단서를 달더니 오요 고등학교를 바라보았다.

"오요 고등학교 교복을 사서 '동행인'을 찾아낼 때까지 후지데라를 잠입시켜야겠어."

"대담하네. 후지데라의 위험 부담이 너무 크지 않을까?"

"그건 그런가 보다 해야지."

너무하네…….

"후지데라에게도 수업과 동아리 활동이 있어. 잠입해 있을 시간은 없어."

오사나이는 못내 아쉬운 듯 입술을 굳게 다물고 끄덕였다.

"그럼…… 교문을 감시할 수 있는 위치에 카메라를 설치해서 후지데라에게 영상을 확인해달라고 해야겠어. 열흘도 안 걸릴 거야."

"무엇보다 후지데라가 협력해주지 않을 거야."

어제도 '동행인' 교복을 알아낸 뒤 후지데라는 "이제 됐죠?"라고 말하고 돌아갔다. 실제로 후지데라는 충분히 도와줬다. 더이상 끌고 다니면 주장인 우시오가 가만히 있지 않을 것이다.

오사나이는 뜻밖이라는 듯이 나를 쳐다보았다.

"후지데라는 기꺼이 도와줄 거야."

"왜?"

"왜라기보다…… 기꺼이 도와주도록 머리를 써서 부탁하면 될 거야."

대체 어떤 '머리'를 쓸 생각인지 모르겠지만……. 나는 헛기침을 하는 시늉을 했다.

"일단 정면돌파하자. 편법은 그다음에 써도 늦지 않아."

"정면돌파?"

오사나이가 고개를 살짝 갸웃거렸다.

"오요 고등학교에 들어가서 사고를 본 사람 있느냐고 물어볼 거야?"

"그랬다가는 쫓겨날 거야. ……이런 방법은 어떨까?"

나는 가방을 열고 안에서 종이 한 장을 꺼내 오사나이에게 건넸다. 눈에 잘 뜨이도록 글씨체와 색깔을 고려해 이렇게 적었다.

오요 고등학교 학생 여러분!

6월 7일, 이나바 강 제방도로에서 발생한

뺑소니 사건을 목격한 오요 고등학교 학생을 찾습니다.

차에 치여서 지금도 병원에 있는 친구를 위해

범인을 찾을 수 있도록 도와주세요.

사건을 목격한 학생, 사건을 목격한 학생을 아는 분.

이 전화번호로 연락해주세요.

고바토

이어서 내 전화번호를 적어놓았다. 이것은 복사본으로 원본은 집에 두고 왔다.

오사나이가 몸을 내밀어 내 얼굴을 뚫어져라 쳐다보았다. 저도 모르게 주춤 물러났다.

"어, 좀 그래?"

오사나이는 손을 절레절레 저었다.

"굉장해. 이런 정면돌파, 나는 생각도 못 했어. 마치……."

그리고 고개를 갸웃 기울였다.

"뭐라고 하면 좋을까. 마치…… 평범한? 그게 아니고 으음, 굉장히, 마치…… 소시민 같은?"

나는 무심코 웃음을 터뜨리고 말았다. 아마 오사나이는 내가 생각해낸 방법을 정공법이라고 말하고 싶었겠지만, 단어 선택이 조금 빗나갔다.

"소시민이라니, 좋네."

"저기, 나쁜 뜻이 아니라. 정말 굉장하다고 생각해."

"알아."

내가 그렇게 동의하자 오사나이는 안심한 듯 고개를 끄덕이고 다시 글귀를 읽었다.

"……응. 이거라면 '동행인'을 몰아붙일 수 있을지도 몰라."

역시 오사나이는 알아주었다.

이 전단에는 두 가지 목적이 있다. 첫 번째는 '동행인'에게 진실을 듣고 싶으니 연락해달라고 호소하는 메시지. 하지만 이것은 어려운 일이다. '동행인'은 경찰이 오기 전에 사고 현장에서 떠났고, 히사카는 후지데라에게 그녀의 존재를 입막음했다. '동행인'이 히사카의 다중 교제 상대라는 견해의 진위 여부는 불확실한데다 딱히 그 문제에 관심은 없지만, 그 여학생이 남들 눈을 피하려는 것은 사실이다. 일반적으로 생각하면 이런 메시지만으로 순순히 손을 들고 나올 것 같지는 않다.

거기에서 또 한 가지 목적이 빛을 발한다.

잘만 하면 이 전단 때문에 오요 고등학교 안에 소문이 퍼질지도 모른다. 누군가가 사고를 목격하고도 침묵하고 있다. 그 때문에 중학생이 병원에 실려갔는데도 정의가 구현되지 않고 있다. 침묵하는 자는, 대체 누구인가?

그런 소문이 돌면 '동행인'은 이 상황이 몹시 가시방석일 것이다. 뭐든 반응을 끌어낼 수 있을지도 모른다. 혹은 사려 깊은 오요 고등학교 학생이 누가 의심스럽다고 알려줄지도 모른다.

잘될 거라는 보장은 없다. 하지만 해볼 가치는 있는 방법이다.

문득 오사나이가 눈썹을 찌푸렸다.

"전화번호를 써놔도 돼?"

확실히 불특정 다수가 보는 글에 전화번호를 적는 건 내키지 않는 일이다. 하지만.

"할 수 있는 일은 할 거고, 해낼 거야. 그렇지?"

오사나이는 고개를 끄덕이고 다시 물었다.

"그래서 이걸 어떻게 하려고?"

나는 오요 고등학교가 접해 있는 도로 양옆을 보았다. 그리 멀지 않은 곳에 찾는 것이 있었다. 시에서 설치한 홍보 게시판이다. 나는 그 게시판 앞으로 걸어갔고, 오사나이도 따라왔다.

게시판 절반은 시에서 주최하는 연주회 포스터가 차지했고 나머지 절반에는 잡다한 전단이 붙어 있었다. 온열 질환 주의 안내문, 다도 강의 개최 안내문, 잃어버린 고양이를 찾는 전단 같은 것들이 있었고, 빈 곳도 충분했다.

"여기에 붙일 거야."

"……문제가 생기면 곤란해."

멋대로 붙여도 되느냐는 뜻이리라. 포스터 한 장 때문에 생기는 문제라면 수준이 빤하지만 일단 회피할 방법도 조사해두었다.

"시청이나 시 출장소에 전단 견본을 가져가면 허가를 내준 대. 게시해선 안 되는 건 영리 목적이거나 위법적인 내용. 고양이를 찾는 전단도 붙어 있으니 사건 목격자를 찾는 전단도 괜찮을 거야."

"굉장해! 조사했구나!"

순수한 찬사를 받았다. 집에 있던 시 홍보물에 적혀 있었을 뿐이라 조사했다고 할 만한 일은 아니지만 칭찬은 감사히 받아들였다.

원칙적으로는 이 전단을 일단 시청에 가져가서 허가를 받은 뒤에 다시 여기로 돌아와야 한다. 하지만 다시 오기는 귀찮았고, 게시판에는 충분한 공간이 있으니 순서가 조금 바뀐다고 문제가 되지는 않을 거라는 생각도…… 오사나이의 표현을 빌린다면 소시민답지 않을까?

"붙여두고 갈까?"

오사나이도 반대하지 않는 것 같았다. 오히려 한 가지 제안을 했다.

"있지, 오요 고등학교 학생들이 쓰는 인터넷 게시판이 있을 거야. 그런 걸 찾아서 같은 내용을 올리면 어떨까?"

나도 그 생각은 했다. 다만.

"전단은 떼어내면 사라지지만 인터넷 게시물은 지울 수 없을지도 몰라. 앞으로 오 년이고 십 년이고, 오요 고등학교 학생이 사고를 봤다는 정보가 계속 돌아다니는 건 좀 그렇지 않을까?"

"……그렇네."

"그리고 단순히 내 연락처를 인터넷에 올리는 게 싫어."

오사나이는 꾸벅 고개를 끄덕이더니 더이상 다른 말은 하지 않았다.

게시판에는 먼저 사용한 사람이 남기고 갔는지 압정이 몇 개 그대로 꽂혀 있었다. 압정까지 준비해 오지는 않았던 터라 아주 고마웠다. 오요 고등학교 학생들이 드문드문 지나가는 인도에서 나는 전단을 펼쳤다. 빈자리가 게시판 아래쪽이라 몸을 숙였다.

"오사나이. 미안하지만 압정 좀 꽂아줄래?"

"어디에?"

잘못 대답하면 뒷덜미에 꽂을 것 같다.

"네 귀퉁이. 위쪽부터 부탁해."

오사나이가 내 어깨 너머로 압정을 뽑아 먼저 전단 오른쪽 위를, 이어서 왼쪽 위를 고정했다. 나는 전단에서 손을 떼고 일어났고 오사나이는 이어서 압정을 뽑았다.

별안간 누가 말을 걸었다.

"와! 후배들이네!"

시선을 돌리자 소매에 라인이 두 줄 들어간 교복 차림의 세 여학생이 살살 웃으며 우리를 쳐다보고 있었다. 한 명은 키가 크고, 한 명은 안경을 썼고, 또 한 명은 머리가 짧았다. 우리도 내년부터는 (아마도) 고등학생인데 지금 이렇게 고등학생들을 가까이서 보니 일종의 박력에 짓눌렸다. 어떻게 대답해야 할지 궁리하며 무심코 고개를 숙이는데 세 사람 가운데 처음에 말을 걸었던 키 큰 사람이 물었다.

"너희, 다카바 중학교지?"

"네."

가슴에 달고 있는 교표로 알아차렸으리라.

"이런 데서 뭘…… 아, 포스터를 붙이고 있었구나. 보면 알지."

안경 쓴 사람이 전단에 얼굴을 바싹 댔다.

"오요 고등학교 학생 여러분이래!"

그렇게 외치더니 살짝 웃었다. 그 웃음은 곧 사라졌다.

"……어, 뺑소니?"

다른 두 사람도 얼굴을 마주보더니 전단을 보았다.

"진짜?"

"어머, 못 잡았다는 거야?"

나는 눈앞에서 벌어지는 상황에 정신을 빼앗겼다. 이렇게 빨리…… 아직 다 붙인 것도 아닌데 반응을 얻을 줄은 미처 생각도 못했던 것이다.

키 큰 사람이 말했다.

"차에 치였다니, 누구지? 우린 3학년이니까 우리 중학교 때 후배는 아니겠지?"

한편 짧은 머리 여학생이 고개를 갸웃거렸다.

"우리 학교 학생이 사고를 본 거야? 어떻게 알아?"

"오요 고등학교 교복을 입은 사람이 현장에 있는 걸 본 사람이 있어요."

"그래……. 그 사람은 목격자만 보고 사고는 못 봤어?"

질문이 제법 예리하다.

"봤지만 거리가 있어서 뺑소니범의 얼굴이나 자동차 번호는 기억을 못해요. 오요 고등학교 목격자는 사고 현장에 가까이 있었거든요. 그래서 어쩌면 그런 정보를 기억하고 있을지도 몰라서요."

"흐응."

그때 안경 쓴 사람이 화들짝 놀라 외쳤다.

"아, 그거 혹시 천사 에이코 아냐?"

나는 저도 모르게 큰 소리를 내고 말았다.

"알고 있나요?!"

"안다고 할까…… 알기는 하는데."

"가르쳐주세요. 중요한 문제예요."

……하지만 아무래도 실수를 저지른 것 같았다. 너무 흥분했던 것이다. 안경 쓴 사람이 주춤하더니 망설였다.

"내 입으로는 말 못해. 혹시 아니면 미안하니까."

"틀려도 괜찮아요. 가르쳐주세요."

"어, 너한테 미안하다는 뜻이 아니라……."

당장 답이 나오지 않을 분위기를 눈치챘는지 키 큰 사람이 거들어주었다.

"에이코라고? 아직 안에 있을 거야. 내가 물어보고 올게."

나는 어떻게 반응해야 할지 망설였다. "아니, 그런, 번거로우실 텐데"라고 사양하는 것이 매끄러운 반응이라는 이성과, 체면 차릴 때가 아니다. 이런 행운은 다시없을 테니 온힘을 다해 매달리라는 충동이 서로 부딪쳐서 어느 쪽을 택해야 할지 정하지 못했다. 그 망설임을 키 큰 사람은 호의적으로 해석해준 것 같았다.

"괜찮아, 괜찮아. 후배잖아. 뭐, 난 에이코하고 딱히 사이가 좋은 것도 아니라서 못 찾으면 어쩔 수 없지만. 너희, 여기에 더 있을 거야?"

"아, 예."

"그럼 덥겠지만 힘내."

그리고 키 큰 사람은 나머지 두 사람에게 말했다.

"난 그럼 교실로 돌아가볼게."

안경 쓴 사람과 머리가 짧은 사람은 잠깐 시선을 주고받더니 서로 못 말리겠다는 듯한 표정을 지었다.

"그럼 나도 갈게."

"어쩔 수 없다니까."

오요 고등학교로 되돌아가는 세 사람에게 나는 고개를 숙이는 것 말고는 달리 할 수 있는 일이 없었다.

압정을 들고 있던 오사나이가 작은 소리로 말했다.

"잘됐네."

"응. 운이 좋았어."

"운이?"

오사나이가 속삭였다. 듣고 보니 좋았던 것은 운이 아니었던 것 같다. 나는 오요 고등학교에서 하교하는 학생들이라면 반드시 쳐다볼 장소에 눈길을 끌 단어를 배치한 전단을 붙였다. 다시 말해.

"운도 좋았지만, 내 발상도 좋았어."

그런 것이다. 오사나이는 정작 내 입에서 그 말을 끌어내고는 살짝 질렸다는 표정으로 미소를 지었다.

세 여학생은 교문을 지나 오요 고등학교 안으로 돌아갔다. 나는 그 뒷모습을 보면서 문득 더위를 느꼈다. 압정을 꽂지 않은 전단 아래쪽을 고정하고 나니 기다리는 일만 남았다.

남학생이 자전거를 타고 집으로 돌아간다. 두 여학생이 웃으며 지나간다. 숄더백 끈을 머리띠처럼 이마에 건 남학생이 우리를 수상쩍게 쳐다보았다. 지나가는 학생들은 역시 대체로 여학생이 더 많은 것 같았다.

오 분이 지나고, 십 분이 지났다.

전단에 관심을 보인 학생은 처음 세 명뿐이었다. 그 여학생들은 전단 자체에 주목한 게 아니라 중학교 후배인 우리가 뭔가 하고 있다는 것에 주목했던 건지도 모른다.

남녀 한 쌍이 우리를 힐끔거리며 지나갔다. 무슨 동아리 모임인지 여덟 명쯤 되는 그룹이 웃으며 다가오는 바람에 우리는 인도 가장자리에 들러붙다시피 해서 길을 터주었다.

십오 분이 지났다. 나는 하품을 삼켰다. 오사나이는 표정 하나 바꾸지 않고 기다렸다. 나는 말했다.

"저기. 그 세 사람이 돌아오지 않으면 우리 언제까지 기다려야 할까?"

오사나이가 태연히 대답했다.

"그 세 사람을 찾아낼 때까지."

찾아내서 어쩔 셈이지?

오요 고등학교는 거리 한복판에 있어서 일반적으로 생각해 볼 때 교문이 눈앞에 보이는 것 하나뿐이지는 않을 듯했다. 우리가 지켜보고 있는 아치형 장식이 있는 게 정문이겠지만 분명 뒷문도 있을 터였다. 그 세 사람이 뒷문으로 돌아갔다면 우리는 이대로 게시판 앞에서 계속 기다리다가 저녁노을을 떠나보내고, 새벽녘 샛별을 찾아내고, 둘이서 달맞이를 하게 될 것이다. 그렇게 되면 경단 정도는 사 오는 게 나을까? 6월에 달맞이라니 계절과 너무 안 어울릴까?

멍청한 생각을 하고 있으려니 역시 조금 지겨웠는지 오사나이가 물었다.

"고바토. 고등학교 갈 거야?"

고등학생만 계속 쳐다보고 있었으니 그런 질문밖에 떠오르지 않았겠지. 나는 대답했다.

"일단, 가겠지."

"어디?"

"모르겠어. 후나도 고등학교려나."

후나도 고등학교는 인문계 공립 고등학교다. 성적은 괜찮은 편이지만 꼭 입시에 특화된 고등학교 생활을 보낼 생각이 없는 중학생은 자연스럽게 후나도 고등학교에 진학한다는 인상이 있다.

"흐음."

"오사나이는?"

"후나도 고등학교."

그렇구나.

우리는 둘 다 희망하는 고등학교가 같다는 사실에 그리 감명을 받지 못했다. 라이벌은 한 사람이라도 줄이고 싶다고 생각할 정도로 후나도 고등학교의 평균 합격률은 높지 않다. 다만 나는 아무 근거도 없는 직감으로 문득 고등학교에 들어가서도 우리가 이렇게 함께 행동하는 일이 있을지도 모른다고 생각했다. 고등학교에 올라가서도 뭔가 사건을 좇아 진상을 알아내기 위해 일시적인 협력 관계를 맺는 경우가 있을 것만 같은 예감이 들었다.

오사나이가 손가락을 스윽 뻗어 오요 고등학교 쪽을 가리켰다.

"봐."

그 손가락이 가리키는 방향에서 세 사람 중 한 명인 키 큰 사람이 다른 여학생에게 말을 걸고 있었다. 거리가 있어서 대화 내용은 들리지 않았다. 시선을 집중한 순간, 그 여학생과 눈이 마주쳤다.

키는 그리 크지 않지만 눈에 띄게 작지도 않다. 통통해 보이지도, 말라 보이지도 않았다. 머리는 길고 새까맸으며 귀를 덮고 있었다. 특징적인 둥근 안경을 쓰고 있었고 자전거를 끌고 있었다. 아마 키가 큰 사람이 게시판 근처에 서 있는 중학생이 사고 목격자를 찾는다고 설명해주고 있으리라. 귀를 기울이고 있는 여학생은 눈에 띄게 난처한 기색이었다.

아마도 저 사람이 '천사 에이코'이리라. 외모 특징은 후지데라가 보았던 '동행인'과 일치한다. ……물론 '평범한 키와 몸집에 안경을 쓰고 머리가 길다'는 조건만으로 에이코가 '동행인'이라고 단정 짓는 것은 너무 막무가내지만.

에이코는 손을 저어 부정하는 동작을 되풀이했다. 그리고 우리 쪽을 가리키더니 키 큰 사람에게 따지고 드는 것 같았다. 키 큰 사람이 에이코를 설득하는 모습은 볼 수 없었다. 에이코는 학교로 돌아갔고, 키 큰 사람은 어깨를 쓱 움츠리더니 우리에게 다가왔다.

"아니래. 자기가 사고를 당했다고 소문이 난 건 하굣길에 오토바이에 부딪히는 바람에 자전거가 망가져서 그런 거라고. 함께 있던 친구도 아는 사실이고, 애초에 제방도로에는 가지도 않았다고 하네. 뭐, 그렇겠지. 나도 그런 곳에는 안 가니까."

"그런가요……."

뭐, 전단을 붙이자마자 '동행인'을 찾아낸다는 건 너무 꿈 같은 이야기다. 조금 더 느긋한 마음으로 지켜볼 각오를 해야겠다. 키 큰 사람은 후배에 대한 의리는 지켰다는 듯이 후련한 태도였다.

"뭐, 반에서도 얘기해볼게. 목격자가 우리 학교 학생이라면 찾을 수 있을 거야. 나도 소문은 귀담아 들어볼게."

나는 또 고개를 숙였다.

"저기. 저는 고바토 조고로라고 해요. 3학년 1반입니다."

지금까지 잠자코 옆에 있기만 하던 오사나이도 나를 따라 했다.

　　　　　　　　　　　　겨울철 한정 봉봉 쇼콜라 사건 (하)

"3학년 4반, 오사나이 유키입니다."

키 큰 사람은 눈을 동그랗게 뜨더니 씨익 웃었다.

"나는 가쓰키 아야라고 해. 장사꾼…… 상업과, 3학년 A반. 힘내, 고바토, 오사나이. 나도 후배가 사고를 당했는데 범인이 안 잡히면 싫으니까."

가쓰키 선배는 그렇게 말하더니 몸을 돌려 오요 고등학교로 돌아갔다. 나머지 두 명과 합류할 생각이리라. 나는 주머니에서 휴대전화를 꺼내 시간을 확인했다. 오늘 안에 시청에서 전단 부착 허가를 받으려면 슬슬 서둘러야 한다.

나는 휴대전화 배터리를 체크했다. 이제부터는 언제 오요 고등학교 학생이 전화를 걸어올지 모른다. 우리의 수사가 대단원에 이르렀다는 실감은 있었다. 배터리 방전으로 중요한 연락을 놓치는 실수를 저지를 생각은 없었다.

병원에서는 날짜 감각이 사라진다.

내 병실에는 달력이 없어서 오늘이 며칠인지 바로 알 수는 없다. 매일 공책에 기록하고 있지만 그건 삼 년 전 기억의 메모지, 현재의 일기는 아니다. 날짜를 헤아리려면 손가락을 꼽아 세어보는 수밖에 없다.

오사나이가 선물한 봉봉 쇼콜라를 먹기 시작한 게 크리스

마스 아침이었다. 오늘 치(오렌지 소스를 가미한 것이었다)를 먹고 나니 상자에는 두 알밖에 남지 않았다. 그러니까……

조금 놀랐다. 오늘은 12월 30일이다. 올해가 정말 끝나가다니.

새해를 병원에서 맞이한다는 사실은 이미 알고 있었지만 해가 바뀌기 전에 혼자 힘으로 휠체어를 타지도 못했다. 초조하다, 한심했다.

일단 미야무로 선생님은 내 회복이 "순조로워요. 놀라울 정도로, 순조로워"라고 했다. "보통은 고령자를 진찰하는 경우가 많으니까"라는 말도 했으니 내 나이대 이상으로 순조로운 건지 의심스럽기는 하지만. 상태를 살피러 온 부모님이 두고 간 속옷도 이제는 스스로 갈아입는다. 나는 조금씩, 확실하게 회복하고 있다. 노력한다고 뼈가 빨리 붙지는 않는다는 것쯤은 알고 있다.

저녁 식사는 치킨 스테이크와 카레맛 콜리플라워 볶음이었다. 이제 정말 연말이라는 걸 통감해서 그런지 병원 안이 평소보다 훨씬 조용하게 느껴졌다. 손에 쥔 젓가락이 플라스틱 그릇에 부딪치는 소리가 적적하게 느껴졌다.

연말이라고 업무에 여유가 있을 리는 없는데 항상 오는 간호사가 식사중에 몇 번 상태를 살펴보러 왔다. 조금은 움직일 수 있게 되었지만 식판을 치우는 것도, 식후 양치질도 간호사에게 의존할 수밖에 없다. 식사를 마치자 간호사는 늘 그렇듯 컵에 물을 따라주었다. 물을 다 마시고 도움을 받아 양치질을 하고, 잠잘 준비를 한다.

대번에 머릿속이 몽롱해졌지만 나는 간신히 공책을 들고 마지막 페이지를 펼쳤다. 이제 와서는 우행의 기록이 되어가는 글 마지막에 한마디 덧붙였다.

꽃에 물은 주지 못했어.

그리고 공책 위에 펜을 내려놓고, 힘이 다해 베개에 머리를 묻었다.

제9장

탐탁지 않은 인물

올해의 마지막 날 아침, 정형외과 미야무로 선생님에게 진찰을 받았다. 수술 이후 처음으로 엑스레이를 찍고, 통증이나 위화감이 있지 않은지 상세한 질문을 받았다.

통증은 당연히 있다. 갈비뼈 통증은 많이 좋아졌지만 넓적다리 쪽은 조금만 자세를 바꾸어도 찌르는 것처럼 아플 때가 있다. 하지만 안정을 취하고 있으면 못 견딜 정도로 아프진 않았고, 통증이 조금 심해도 내복 진통제로 누를 수 있다. 그렇게 말하자 미야무로 선생님은 만족스럽게 끄덕거리며 "너는 통증을 잘 표현하는구나"라고 고마워하기에는 미묘한 칭찬을 해주었다.

나는 미야무로 선생님의 눈 밑에 드리운 짙은 다크서클을 알아차렸다. 그리고 보니 안색도 별로 좋지 않다. 피로는 일 목요연했지만 그래도 미야무로 선생님은 내게 전혀 불안감을 주지 않았고 쾌활함을 잃지 않았다.

"좋아요. 다음달에는 외출 허가를 내줄 수 있을 거예요."

기뻐해도 될지 순간 망설였다. 다음달이라고 해도 내일을 말하는 건지, 삼십 일 후를 말하는 건지 모르겠다.

"다음달이라면, 다음달 언제쯤 말씀인가요?"

선생님은 웃는 얼굴 그대로 눈썹만 난처하게 늘어뜨렸다.

"확실하게 장담할 수는 없지만 새해를 집에서 맞이하기는 어려워요. 사실 시기도 좋지 않고. 추운 날에는 통증을 느끼기 쉬우니 외출 허가를 내주고 싶지 않거든요. 참으면 되는 문제가 아니라 욱신거리는 통증이 치닫거나 갑자기 힘이 빠져서 넘어지는 경우도 있어서, 회복중에 또 다치면 좋지 않으니까요. 하지만 뭐, 이 상태라면 중순에서 하순 사이에는 잠시나마 귀가할 수 있을 겁니다. 어디 가고 싶은 곳이라도 있나요?"

나는 어제 옥상정원에서 외출이 가능해지면 딸기 타르트를 사러 가겠노라 결심했다. 봄에나 밖에 나갈 수 있을 줄 알았기 때문이다. 하지만 지금 외출 가능성이 구체적으로 다가오자 가장 먼저 가고 싶은 곳은 단 한 군데뿐이었다.

"휴대전화 가게요."

어쨌거나 휴대전화가 없으면 누구와도 연락을 취할 수 없다. 미야무로 선생님은 쓴웃음을 지었다.

"젊군요."

"아, 그리고 사고 현장도요."

"어, 왜죠?"

이유를 묻는 게 더 뜻밖이었다. 미야무로 선생님도 정보는 공유하는 줄 알았는데.

"경찰이 외출할 수 있게 되면 현장검증에 입회해달라고 했거든요."

순간 미야무로 선생님이 듣고 보니 기억났다는 표정을 지었다. 아무래도 내가 뺑소니 사고 피해자이고 범인이 아직 잡히지 않았다는 사실을 잊고 있었던 듯했다. 어째서 그렇게 중요한 사실을 잊느냐고 생각하지는 않았다. 의사 선생님은 치료에 집중하는 것만으로 충분하다.

진찰이 끝나니 평소 같으면 재활 훈련을 할 시간이었다. 오늘부터 마부치 씨는 휴가다. 미리 받은 프로그램에 따라 침대 위에서 평소보다 가벼운 운동을 하고 있으려니 누군가 문을 두드렸다.

"예."

겨울철 한정 봉봉 쇼콜라 사건 (하)

"실례합니다."

청소부 야마사토 씨였다. 야마사토 씨는 재빨리 쓰레기를 수거하고 대걸레질을 시작했다.

야마사토 씨는 늘 바빠 서둘러 청소를 한다. 그만큼 담당하는 병실이 많을 테니 방해해서는 안 될 것 같아 평소에는 말을 걸지 않는다. 하지만 아무래도 한 해의 마지막 날까지 일하는 모습을 보니 한마디 인사를 하고 싶어졌다.

"고맙습니다. 힘드시죠."

야마사토 씨는 깜짝 놀란 듯 손길을 멈추더니 허리를 폈다.

"뭘요. 제가 환자라면 먼지 쌓인 병실에서 새해를 맞이하기는 싫을 테니까요. 저는 독신이라 집에 돌아가도 국수*나 먹고 홍백가합전**이나 보다가 자는 게 전부라. 하나도 힘들지 않습니다."

나는 그렇게 말하는 야마사토 씨가 손가락에 결혼반지처럼 보이는 반지를 끼고 있는 것을 알아차렸다. 그리고 야마사토 씨도 내 시선을 깨달았다. 나는 아무 말도 하지 않았는데 야마사토 씨는 씩 웃었다.

---

* 일본에는 액운을 잘라낸다는 의미로 한 해의 마지막 날에 잘 끊어지는 국수를 먹는 풍습이 있다.

** NHK가 1951년부터 매년 12월 31일에 남녀 대항 형식으로 개최하는 대형 음악 방송.

"학생, 눈썰미가 좋네."

"아, 아뇨."

"독신이라는 건 거짓말이 아니야. 이건 습관으로 끼고 다니는 것뿐이지. 학생도 차 사고라고?"

야마사토 씨가 걸레질을 하며 말했다.

"차는 무서워. 집사람도 턱 부딪혀서 황망하게 가버렸지. 뭐, 학생은 젊으니 나을 거야. 액땜한 거지. 내년에는 좋은 일이 있을 거야. 그런 법이야. 그래야만 해. ……자, 끝."

야마사토 씨는 침대 밑을 닦던 대걸레를 고쳐 쥐고 꾸벅 고개를 숙였다.

"실례했습니다."

병실 문이 닫혔다. 조용해졌다.

나는 야마사토 씨가 한 말을 곱씹었다. 나쁜 일 뒤에는 좋은 일이 찾아올까? 그러기를 바라는 마음은 뼈저리게(그러고 보니 오늘은 아침부터 쌀쌀해서 그런지 갈비뼈가 아팠다) 이해한다. 하지만 정말 그렇게 차례대로 찾아온다면 내가 차에 치인 것은 뭔가 좋은 일의 대가라는 뜻 아닌가? 그런 행운을 겪은 기억은 없다.

오히려…… 입원한 그날, 아마도 꿈속에서 들은 '죗값'이라는 단어가 더 믿음직하다. 하지만 죗값이라는 말을 믿는다면 나도, 야마사토 씨의 배우자도, 뭔가 나쁜 짓을 했기에 차에 치이는 게 당연하다는 결론이 나온다. 나는 매사에 세심하게 배려하는 사람은 아닐지도 모른다. 하지만, 자신에게라면 또 몰라도 타인에게 죗값을 치른 것이라고 말할 정도로 무신경한 사람이 되고 싶지는 않다.

테이블 위에 놓인 공책을 보았다. 어제, 잠들기 전 내려놓은 위치에 공책은 그대로 놓여 있다.

다만 조금…… 기분 탓일지도 모르지만 조금, 펜이 움직인 것 같았다. 공책의 짧은 변과 나란하게 펜을 두었던 것 같은데 지금은 조금 기울어 있었다. 공책을 열어 글을 썼던 마지막 페이지를 펼쳤다.

✓꽃에 물은 주지 못했어.

나는 살짝 웃고 다음 페이지를 펼쳤다. 점심 식사 때까지 조금 여유가 있다. 기억해낼 수 있는 정보는 아직 남아 있다. 나는 두 알 남은 봉봉 쇼콜라 중에서 카시스맛 초콜릿을 입에 넣고 사르르 녹는 식감과 달콤함, 카시스의 신맛과 향기를 음미하며 과거로 의식을 돌렸다.

전단을 붙인 날, 전화는 한 통도 오지 않았다.

가쓰키 아야 선배를 포함한 세 여학생이 전단에 대한 정보를 학교에 퍼뜨릴 수 있는 것은 그다음 날일 테니, 그날 안에 아무 연락도 오지 않는 것은 당연했다.

나는 시청에서 정식으로 게시판 사용 허가를 받았다. 게시 기간은 두 주였는데, 충분하고도 남을 것 같았다. 전단을 붙인 첫날에 그만한 반응이 있었으니 두 주나 있으면 반드시 '동행인'이나, '동행인'이 누군지 아는 오요 고등학교 학생이 전화할 것이다. 나는 느긋하게 기다리면 된다.

이튿날, 전화 연락은 없었다. 초조해하면 안 된다.

……그다음 날 역시 아무도 연락해오지 않았다. 장난 전화한 통 없어, 나는 휴대전화를 허망하게 바라보는 것에 슬슬 질리기 시작했다.

나는 왜 가쓰키 선배의 연락처를 물어보지 않았을까? 조금만 용기를 내서 전화번호만이라도 물어봤더라면 그 일은 어떻게 되었느냐고 물어볼 수 있었는데. 하지만 뭐, 실제로 그날 일을 떠올려보면 '진척이 있는지 물어보게 될지도 모르니 연락처를 달라'고 말할 수 없었던 것은 당연한 일이다.

반에서는 이미 아무도 히사카의 이름을 입에 올리지 않았다. 히사카의 책상은 비어 있는 채로 교실 한 자리를 차지했

겨울철 한정 봉봉 쇼콜라 사건 (하)

지만 히사카의 부재는 새로운 일상이 되고 말았다. 심지어 우시오는 조사에 진전이 있는지 묻기는커녕 나와 눈이 마주치면 거북한 듯이 고개를 돌리는 판국이었다.

한번은 2학년 5반 교실로 후지데라를 찾아간 적이 있었다. 오요 고등학교의 세 여학생도 도움이 안 되고 전단도 효과가 없다면 어떻게든 후지데라의 도움을 받아 '동행인'을 찾아내야 한다. 하지만 후지데라는 "그만 좀 하세요"라고 말할 뿐, 내 이야기를 들으려고도 하지 않았다.

오사나이와는 별다른 이야기를 나누지 않았다. 전단을 보고 짐작 가는 구석이 있는 누군가의 연락을 기다리기로 한 시점에서 우리는 서로 협력할 공통의 문제를 잃어버렸다.

기다린다……. 그렇다, 나는 그저 기다렸을 뿐이다. 가쓰키 선배들이 오요 고등학교 내부에 전단에 대한 소문을 퍼뜨려주기를. 누군가가 연락해서 뺑소니 사고의 비밀을 전부 밝혀주기를, 기다리고 있었을 뿐이다.

그것이 어리석은 행동임을 깨닫기까지 나흘이나 걸렸다.

전단은 어디까지나 자극제에 지나지 않는다. '동행인'에게 너를 찾는 사람이 있다, 네가 침묵하는 탓에 중학생을 차로 친 범인이 활보하고 다닌다고 전하는 것 이상의 의미는 없다. 그것에 '동행인'이 동요한다는 보장조차 없는 것이다. 어쩌면 그 여학생은 매일 등하굣길에 전단을 보면서 '그래서 어쩌라고' 하며 코웃음 치고 있을지도 모른다.

결과를 떠먹여주기만 기다려서는 입을 벌리고 먹이를 기다리는 아기 새와 다름없다. 아니, 아기 새도 먹이를 달라고 울어댄다. 그렇다면 나는 어떻게 울어야 할까?

월요일에 전단을 붙이고 나흘이 지난 금요일 밤, 나는 방에서 생각했다. 책상에 팔꿈치를 괴고 지금까지 알아낸 사실을 정리한 공책을 앞에 두고, 달리 할 수 있는 일은 없는지 고민하고 있었다.

오사나이가 제안한 교묘한 수단으로 후지데라가 직접 확인하게 만드는 방법은 이미 실행할 수 없을 것 같다. 후지데라는 이 일에서 완전히 손을 떼려 했고, 그를 억지로 붙잡기는 어렵다. 만약 오사나이 말대로 어떤 식으로든 특별한 '머리'를 쓰려고 했다가는 하나였던 문제가 두 개로 늘어나기만 할 것 같다.

차라리 더욱 철저하게 기다려보는 건 어떨까? 먹이를 내놓으라고 울어대는 아기 새처럼, 정보를 내놓으라고 울어대는 것이다. 구체적으로는 그 전단을 백 장, 이백 장 복사해 오요 고등학교 앞에서 나눠주면 어떨까? 분명 생활지도부실로 불려가 불필요한 소동을 일으켰다고 꾸지람을 들을 것이다. 하

겨울철 한정 봉봉 쇼콜라 사건 (하)

지만 그것만 각오한다면 의외로 좋은 아이디어 아닐까? '동행인'이 어디까지나 익명의 숲속에 숨으려 한다면 단순무식하게 소동을 키우는 게 그 여학생을 찾아내는 지름길 아닐까?

그래, 정말 그렇게 해볼까? 끝까지 해내겠다고 결심했으니, 하자. 그렇게 작정하고 의자에서 일어나려던 순간이었다.

책상 위에 있던 휴대전화가 진동했다. 나는 반사적으로 몇 가지 가능성을 떠올렸다. 오사나이, 우시오, 후지데라……. 하지만 액정 화면에 표시된 것은 내가 등록해두지 않은 전화번호였다.

나는 휴대전화를 책상에서 떨어뜨릴 뻔했다. 간신히 붙잡아서 왼손으로 휴대전화를 들고 통화 버튼을 눌렀다.

"여보세요?"

뒤늦게 한마디 덧붙였다.

"고바토입니다만."

전화 너머에서 들려온 것은 의심하는 기색이 묻어나는 굵은 남자 목소리였다.

"여보세요. 고바토 씨 휴대전화 맞습니까?"

"예. 제가 고바토입니다."

"저는 히사카라고 합니다."

"히사카?"

놀란 목소리로 되물었다.

"히사카…… 쇼타로는 아니지요?"

전화 목소리가 조금 부드러워졌다.

"쇼타로는 제 아들입니다. 고바토 군은 쇼타로와 같은 반
이니?"

"그렇습니다."

전화 상대는 할 말을 미리 정리해두었던 모양이다. 내가
따라갈 수 있을 정도로 천천히, 하지만 전혀 망설이지 않고
이야기를 이어나갔다.

"사실은 아들의 사고에 대해 몇 가지 묻고 싶은 게 있단다.
갑작스레 미안하지만 내일 시간 좀 내줄 수 있겠니?"

내일은 토요일이다. 별다른 일정은 없다.

"예, 괜찮습니다."

"혹시 나오기 힘든 시간이 있을까?"

"없습니다. 아, 너무 밤늦은 시간은 안 돼요."

"그럼 오후 4시, 이나바 강 호텔 라운지에서. 찾기 쉽게 중
학교 교과서를 테이블 위에 올려두마. 못 찾겠으면 이 전화번
호로 연락해다오."

"잠깐만요."

나는 책상 위에 있던 공책을 대충 펼쳐서 "4시, 이나바 강 호텔 라운지, 교과서로 표시"라고 갈겨썼다.

"……확인했습니다. 알겠습니다."

"그럼, 내일."

상대방이 전화를 끊으려기에 황급히 물었다.

"저기. 뭔가 가져가야 할 게 있을까요?"

살짝 웃는 소리가 들렸다.

"아무것도 필요 없어. 방금 말했듯이 이야기를 듣고 싶은 것뿐이란다."

"알겠습니다."

"그럼."

이번에야말로 전화가 끊겼다.

손에 든 휴대전화를 바라보며 나는 온갖 생각을 했다. 히사카의 아버지가 내게 대체 무슨 용건일까? 이 만남을 오사나이와 공유해야 할까?

당혹감, 불안……. 하지만 솔직히, 나는 무엇보다 내 아이디어가 사태에 파문을 일으켜 반응을 끌어냈다는 만족감에 젖어 있었다.

이나바 강 호텔에 대해 내가 아는 건 그리 많지 않다.

초등학생 때, 담임 선생님이 결혼했다. 그때 결혼식장이 이나바 강 호텔이었는데, 매사 잘난 척하는 게 버릇이었던 같은 반 아이가 "거기, 엄청 비싸"라고 했다. 상점가 행운복권에서 일등상이 이나바 강 호텔 디너 식사권이었다. 기억하는 것은 그 정도일까.

이튿날, 나는 이나바 강 호텔의 위치를 지도로 조사하고 약속 한 시간 전에 자전거로 집을 나섰다. 오사나이에게는 결국 연락하지 않았다. 이유는 몇 가지 있다. 핵심 인물임이 분명한 히사카 씨와의 만남을 독점해서 얻은 정보로 오사나이를 놀라게 하고 싶었으니까……. 그것도 분명 이유 중 하나다. 그리고 만남 자리에 오사나이를 데려갔다가 히사카 씨에게 혼자서는 사람을 만나지도 못하는 겁쟁이로 보이기 싫었던 것도 사실이다.

하지만 그 이상으로 단순히, 토요일에 오사나이를 불러내기 싫었다. 우리는 휴일에 전화 한 통으로 서로를 불러낼 수 있을 정도로 친밀한 관계가 아니고, 그렇게 되고 싶지도 않다. 뺑소니 사건 수사 때문에 서로 협력하기로 약속은 했지만 우리의 관계에 선은 그어야 할 것 같았다.

그렇다고 내가 혼자 전화 상대와 만나는 것에 아무런 거리낌도 없이 자전거를 몰고 있느냐 하면, 당연히 그렇지는 않았다. 누군가에게 전화로는 말하기 어려우니 직접 만나서 이야기하자는 말을 들은 것은 이번이 처음이다. 아니, 얼굴도 모르는 어른과 일대일로 이야기하는 것 자체가 처음이다. 핸들을 쥔 손에도 힘이 들어갔고, 될 대로 되라는 체념이 마음을 차지해 사물을 신중하게 판단하지 못하고 있는 것 같다. 그래도 오요 고등학교 앞에서 전단을 뿌리는 것보다는 유익할 거라는 사실은 알고 있었다.

여름 교복을 입고 갔다. 토요일에 사람을 만나는데 교복을 입었다는 것 자체가 심적으로 위축되어 있다는 증거다. 하지만 그런 한편으로 중학생에게 가장 모범적인, 누구도 트집을 잡을 수 없는 차림새라는 사실은 역시 조금 든든했다. 초여름 더위 때문에 단추는 위에서 두 개까지 풀었다.

자동차가 일으키는 진동을 느끼며 철교를 건넜다. 지도로 본 기억을 따라 이나바 강 호텔이 있는 쪽을 바라보니 딱 한 동, 다른 건물들을 압도하는 커다랗고 하얀 건물이 보였다. 어떻게 생긴 건물인지는 몰랐지만 내기해도 좋다, 저게 이나바 강 호텔일 것이다.

그 예상은 맞았다. 건물 아래에서 올려다보니 이나바 강 호텔은 팔 층이나 구 층쯤 되어 보였다. 처음 본다 싶을 정도로 높은 건물은 아니지만 디자인된 건축물이 넓은 부지를 가득 차지하고 있어 중후한 존재감이 있었다. 화살표가 있는 안내 간판을 따라 전면 출입구로 가니 금테 장식이 있는 자동문 앞에서 짙은 녹색 유니폼을 입은 도어맨이 의아한 표정으로 나를 쳐다보았다. 뺑소니 사건을 추적하고 있는데 피해자 가족이 불러내서 여기에 왔다……. 그런 설명으로 내가 이 자리에 있는 이유를 정당화하고 싶은 충동에 사로잡혔지만 간신히 억누르고 짧게 물었다.

"자전거는 어디에 두면 되나요?"

도어맨은 개업 이래 자전거 둘 자리를 물어보는 손님은 없었다고 말하고 싶은 표정이었다.

"저희 호텔을 이용하십니까?"

이 호텔을 이용한다고 대답해도 될지 망설였지만 여기서 꼭 정확하게 대답할 필요는 없을 것 같았다.

"예."

분명 도어맨은 내 대답을 의심했겠지만 직업 정신인지 의심을 지우고 온화한 미소를 지었다.

"이 앞쪽에 지하 주차장이 있는데, 한쪽에 이륜차 주차 공간이 있습니다. 그곳을 사용하세요."

"고맙습니다."

"조심히 다녀오십시오."

지금까지 이렇게 정중한 인사를 들은 적은 없었다. 호텔이라는 건 이런 장소인가 생각하면서 안내해준 쪽으로 자전거를 몰고 가서 지하 주차장으로 이어지는 슬로프로 들어갔다.

지하는 지상만큼 중후하지도, 깔끔하지도 않았다. 노출 콘크리트 벽에 페인트로 안내 표시가 적혀 있다. 이륜차 주차장 안내는 없었지만 그리 헤매지 않고 오토바이 한 대가 세워져 있는 자리를 찾아냈다. 자전거를 세워두고 안내 표시를 따라 지상으로 가는 엘리베이터를 탔다. 엘리베이터 안에서 나는 셔츠 단추를 목덜미까지 채웠다.

1층으로 올라갔다. 발밑에는 핏빛처럼 새빨간 카펫이 깔려 있었다. 나는 주위를 둘러보다가 검은 양복에 나비넥타이를 맨 호텔 종업원을 발견하고 참 얼빠진 질문으로 들리겠구나 생각하면서 물었다.

"죄송합니다. 라운지는 어느 쪽인가요?"

호텔 종업원은 아까 보았던 도어맨과 똑같은 미소를 지었다.

"저쪽입니다."

그가 장갑 낀 손으로 복도 끝을 가리켰다. 라운지가 있는 방향은 알겠다. 이제 하나만 더 알면 된다.

"그리고 라운지라는 게 뭔가요?"

호텔 종업원의 미소가 순간 얼어붙었다. 아마 지나가는 사람이 갑자기 '체육관이라는 게 뭔가요?'라고 묻는다면 나도 똑같은 표정을 지었을 것이다. 하지만 도어맨과 마찬가지로 호텔 종업원도 순식간에 동요를 감추었다.

"연실燕室 또는 사교실이라고 바꾸어 말할 수 있습니다. '실'이라고는 하지만 실제로는 벽이 없는 개방 공간인 경우가 많고, 저희 호텔 라운지도 그런 형식입니다."

대강 이미지는 파악했다. 인사를 하고 가르쳐준 방향으로 향했다.

호텔 종업원이 대기하고 있는 프런트 너머에 원형과 사각형 테이블이 있는 한 단 낮은 공간이 있었다. 살펴보니 천장에 반짝거리는 샹들리에가 매달려 있다. 커다란 창문으로 이나바 강이 보였지만 전체적으로 조명이 절제되어 있는 공간이었다. 틀림없이 저기가 라운지다.

라운지에는 분명 벽이 없었지만 관엽식물이 주위를 에워싸고 있어 자유롭게 출입할 수 있는 구조는 아니었다. 입구에는 역시 나비넥타이를 맨 호텔 종업원이 서 있었는데, 이 사람은 어디로 보나 중학생인 내가 다가가도 뜻밖이라는 반응을 보이지 않았다.

"어서 오십시오. 혼자 오셨습니까?"

"약속을 했는데요."

"성함을 여쭤봐도 되겠습니까?"

내 이름과 약속 상대의 이름, 어느 쪽을 묻는 건지 헷갈렸다.

"히사카 씨를 만나기로 했습니다."

"히사카 씨 말씀이군요. 벽 쪽 자리에서 기다리고 계십니다."

낮은 계단을 지나 라운지로 내려갔다. 약속한 오후 4시, 정각이다. 라운지에는 다른 손님들이 제법 있었다. 부부로 보이는 초로의 한 쌍, 업무 이야기를 하는 듯한 양복 차람의 네 사람, 약간 장소와 어울리지 않는 고등학생 정도로 보이는 여자 한 명, 사람을 기다리는 것 같지만 히사카의 아버지로는 보이지 않는 고령의 남성……. 그렇지만 벽 쪽 자리에 있다고 했으니 전화 상대를 찾는 것은 어렵지 않았다. 검은 머리를 뒤로 넘기고 남색 재킷을 입은 남성이 지루한 듯 잡지를 읽고 있었다. 테이블 위에는 재떨이와, 새까만 내용물이 줄지 않은 커피잔, 수학 교과서가 놓여 있었다.

내가 말을 걸기 전에 남자가 나를 알아보았다. 말없이 가볍게 시선을 움직여 맞은편에 앉으라고 지시했다. 나는 그 지시에 따랐다.

자기소개는 내가 먼저 했다.

"다카바 중학교 3학년 고바토 조고로라고 합니다. 전화 주셨던 히사카 씨 맞으시죠?"

남자는 잡지를 내려놓고 고개를 들었다.

"그래, 히사카 가즈토라고 한다."

목소리는 전화로 들은 것처럼 굵었지만, 실제로 들어보니 조금 갈라져서 히사카의 목소리와는 비슷한 구석이 없었다. 생김새는 어딘지 모르게 비슷해 보였지만 똑같이 생긴 건 아니라서, 아무런 관계도 아니지만 그냥 닮은 사람일 가능성도 충분히 생각해볼 수 있을 정도였다. 히사카는 운동부 활동도 해서 마른 체형이지만 근육이 있었는데, 눈앞의 남자는 턱살이 조금 있어서 뚜렷하게 닮은 구석을 찾아볼 수 없었던 건지도 모른다.

"히사카의 아버지라고 하셨는데요."

히사카 씨는 고개를 끄덕이더니 재떨이를 끌어당겨 주머니에서 꺼낸 담배를 물고 불을 붙였다. 재떨이는 깨끗했다. 히사카 씨는 나보다 먼저 왔을 텐데, 기다리는 동안에는 피우지 않고 내가 오니까 담배를 피우는 것이다.

히사카 씨는 딱히 고개를 돌리지도 않고 연기를 뿜어냈다.

"와달라고 해서 미안하구나. 조용히 얘기하고 싶어서."

"히사카가 당한 사고에 대해 궁금하신 게 있다고요."

겨울철 한정 봉봉 쇼콜라 사건 (하)

"그래. 뭐, 일단 주문부터 하렴."

호텔 종업원이 다가와서 내 앞에 메뉴를 내려놓았다. 커피는 오사나이가 데려가준 '오모테다나'의 밀크커피보다 값이 세 배는 더 나갔다. 설마 질문을 듣는 것뿐인데 돈이 들 줄은 몰라서 소지금을 얼마 가져오지 않았다.

"……핫 밀크 주세요."

"알겠습니다."

핫 밀크는 "키즈 메뉴"라고 적혀 있었지만 그게 제일 저렴해서 어쩔 수 없었다.

히사카 씨는 음료가 나올 때까지 아무 말도 하지 않았다. 담배를 피우며 잡지를 손에 들고, 커피를 마시는 행동으로 내가 질문하지 못하도록 차단하려 했다. 하지만 겨우 핫 밀크가 나오자 내가 잔을 들기도 전에 말을 꺼냈다.

"네가 쇼타로의 사고 목격자를 찾고 있다는 게 사실이니?"

나는 히사카 씨가 오요 고등학교 전단을 보고 연락했다는 확신은 없었다. 입원중인 히사카가 어떠한 방법으로 내 전화번호를 알아내, 그 번호를 아버지에게 전했을 가능성도 있었기 때문이다. 하지만 히사카 씨는 내가 전단에 쓴 정보를 바탕으로 이야기하고 있다. 전화번호도 그 전단을 보고 알

앗으리라.

"네, 전단을 보셨군요."

히사카 씨는 고개를 끄덕이더니 커피를 마시고 잔을 내려
놓았다.

"다른 건 아니고 어제 전화로 말한 것처럼 쇼타로의 사고
에 대해 이야기를 듣고 싶어서 나와달라고 했다. 경찰은 자세
히 말해주지 않아서."

경찰이 왜 피해자 가족에게 사건에 대해 자세히 설명해주
지 않는지는 알 길이 없다. 다만 히사카 씨의 이야기에는 조
금 이상한 점이 있었다.

"물론 뭐든 말씀드리겠지만 사건에 대해서는 히사카가 더
잘 알 텐데요."

히사카 씨가 쓴웃음을 지었다.

"물론 아들에게도 물었지. 그렇지만 네 이야기도 듣고 싶
은 거야. 보험 청구 건도 있고, 이것저것 사정이 있어서. 사
고 전후에 무슨 일이 있었는지 가급적 자세히 알고 싶구나."

나는 조금 고민하다가 마음에도 없는 소리를 했다.

"제가 아는 게 꼭 사실이라는 보장은 없어요. 어디까지나
보고 들은 정보를 조합했을 뿐이라."

"상관없다."

그렇다면 해줄 이야기는 있다. 사건 발생 이후로 내가 알아낸 사실을 하나하나 되짚어갔다.

"학교에서 처음 사고 소식을 들었을 때, 저는 히사카가 차에 치였다는 것밖에 몰랐어요."

그렇게 이야기를 시작했다.

"같은 반 친구하고 이야기하다가 동급생이 차에 치였는데 가만히 있을 수는 없다는 말이 나왔어요. 그래서 현장을 보러 갔는데, 타이어 자국이 가늘어서 히사카를 친 게 경차라고 생각했어요. 그후 히사카를 문병하러 가서⋯⋯ 문병은 담임 선생님과 학급 대표가 먼저 다녀가서 저는 나중에 간 거지만, 거기서 히사카가 어떤 차에 어떻게 치였는지 들었어요. 그 부분은 알고 계시죠?"

"안다. 하지만 네 입으로도 듣고 싶구나."

"알겠습니다. 히사카는 자기를 친 게 하늘색 박스카라고 했어요. 현장인 제방도로에서 하류 방향으로 걸어가는데 정면에서 달려온 차에 치였다고요. 자동차는 브레이크를 밟았고, 히사카는 반사적으로 두 팔로 몸 앞쪽을 감쌌지만 충격을 버티지 못하고 바닥에 쓰러졌어요. 부상은 두 팔에 타박상, 갈비뼈 골절과 두개골 균열 골절. 그리고 손목하고 발도 삐었다고 했어요."

"그랬지. 그리고?"

"반 친구가 사고를 목격한 후배를 알고 있었어요. 저는 그 후배에게 이야기를 들으러 가서, 히사카를 친 게 박스카이고 노란 번호판을 달고 있는 경차였다는 사실을 알아냈어요. 그리고 사고 현장에 또 한 사람, 저희 학교 여학생이 있었어요. 저는 그 여학생을 우연히 만났는데, 히사카를 친 자동차가 상류 쪽으로 급발진해 그 여학생까지 칠 뻔했다는 이야기를 들었고요."

히사카 씨가 말없이 고개를 끄덕여 뒷이야기를 재촉했다.

나는 범인의 자동차가 찍혔을 방범 카메라 데이터를 입수했다는 사실과, 박스형 경차의 행방을 좇아 제방도로를 걸어본 이야기는 생략했다. 언젠가 반드시 밝혀낼 거지만 어디까지나 지금 시점에서는 그 영상에 범인의 자동차가 찍히지 않은 이유를 알아내지 못했기 때문이다.

"사고 당시 히사카가 혼자가 아니었다는 것도 알아냈어요. 히사카가 혼자 걷고 있었다면 타이어 자국의 위치가 설명되지 않았거든요."

상세한 이유를 물을 줄 알았는데 히사카 씨는 딱히 아무 말도 없이 이야기를 듣고 있었다. 나는 조금 낙담하면서 말을 이었다.

겨울철 한정 봉봉 쇼콜라 사건 (하)

"히사카하고 함께 걷고 있던 '동행인'은 자전거를 끌고 있었어요. 현장을 목격한 후배에게 확인해서 '동행인'이 입고 있던 옷이 오요 고등학교 교복이라는 것도 알아냈습니다. 조금 더 기다려보면 그게 누구였는지도 알아낼 수 있을 거예요. 그 '동행인'은 뺑소니 사고를 낸 차를 가까이서 봤으니 조금 더 자세한 자동차의 특징이나, 어쩌면 범인의 얼굴도 봤을지 몰라요. 그래서……."

그래서 곧 이 사건의 전모를 밝혀낼 겁니다……. 아무리 나라도 그렇게 말하지는 않았다. 대신 이렇게 말했다.

"그래서 전단을 붙였습니다."

히사카 씨는 고개를 숙이고 잠자코 있었다. 손가락 사이에 끼운 담배를 피울 생각도 하지 않고, 그저 연기가 피어오르는 대로 둔 채 어두운 천장을 힐끔 올려다보았다. 그제야 나는 히사카 씨의 얼굴을 볼 수 있었다.

일그러진 얼굴이었다. 원통함 때문일까, 슬픔 때문일까. 나는 사람의 속마음을 읽어내는 눈치가 별로 없다. 어떤 일이 있었는지 알아내는 능력은 어느 정도 있지만 일이 어떻게 되기를 바라는지, 사람 마음을 읽어내는 기술은 별로 뛰어나지 않다고 자각하고 있다. 그래서 히사카 씨가 어째서 그렇게 험악한 표정을 짓고 있는지 이해하기 어려웠다. 다만 그 얼굴에는 무엇보다도 분노가 서려 있는 것 같았다.

"저…… 히사카의 상태는 어떤가요?"

히사카 씨는 졸다가 깬 사람처럼 깜짝 놀라는 표정이었다.

"응? 아아…….."

그러더니 침통하게 고개를 숙였다.

"좋지도 나쁘지도 않은 상태야."

"퇴원은 할 수 있을까요?"

"의사의 판단을 기다리는 수밖에 없구나."

히사카 씨가 천천히 담배를 재떨이에 비벼 껐다.

"그래, 잘 알겠다. 열심히 조사했구나. 덕분에 사고에 대해 많이 알 수 있었어. 아들을 생각해주는 네 마음씨가 기특하구나. 고맙다."

천만에요, 앞으로도 맡겨주세요. 그렇게 으스댈 새도 없이 히사카 씨가 말했다.

"하지만 이건 경찰이 할 일이다."

"…….."

"자신이 당한 사고에 대해 조사하다가 같은 반 친구가 위험한 일을 당했다는 말이라도 들으면 쇼타로도 안심하고 치료에 전념할 수 없을 거야. 네가 말하는 동행인은 내가 경찰에 말해두마. 너는 공부에 집중해. 그게 학생의 본분이야."

겨울철 한정 봉봉 쇼콜라 사건 (하)

나는 당황했다. 히사카 씨는 경찰이 무엇을 하고 있는지 몰라서, 상세한 사고 정보를 듣지 못해서 나를 의지했을 텐데. 그런데 히사카 씨는 지금 뒷일은 경찰에 맡기라고 말하고 있다. 모순된다……. 히사카 씨가 하고 싶은 말은 따로 있다.

"그러니까."

나는 물어보았다.

"손을 떼라는 말씀인가요?"

"설마. 그런 말은 하지 않았어."

히사카 씨는 여유로운 미소를 머금고 커피를 마셨다.

"뒷일은 어른들에게 맡기라는 거야."

히사카 씨는 잔을 컵받침에 내려놓고 테이블 위에서 손깍지를 끼더니 타이르듯 말했다.

"고다카 군. 네가 걱정돼서 그래. 계속 고집부리면 학교 측과 의논해봐야겠구나. 알겠지? 자, 돌아가렴. 계산은 내가 하마."

히사카 씨는 내 이름도 제대로 외우지 못했다. 그러면서 나를 걱정한다고 해도 전혀 설득력이 없다. 다만 학교에 알리겠다는 위협은 그냥 겁주는 말이 아닐 것이다. 다시 말해 역시나 내가 생각한 대로, 히사카 씨는 내게 손을 떼라고 말하고 있는 것이다.

사건을 조사하는 사람으로서 손을 떼라고 협박당하는 일은 명예로 여겨야 할지도 모른다. 그만두라는 경고는 무언가에 근접했다는 증거라고 만족해야 할지도 모른다.

하지만 무엇보다 나는 기분이 나빴다.

말없이 주머니를 뒤져서 핫 밀크 값을 테이블에 내려놓았다. 히사카 씨는 돈을 집어넣으라고 하지는 않았다.

나는 담배 냄새를 뒤집어쓰고 말없이 라운지에서 나왔다. 엘리베이터를 타고 지하 주차장으로 가서 자전거를 타고 페달에 발을 얹었다. 목적지는 오요 고등학교였다. 정확히는 오요 고등학교 정문 앞, 내가 월요일에 전단을 붙인, 게시 기간이 일주일 넘게 남아 있는 그 게시판이다.

거기서 본 것이 그리 놀랍지는 않았다. 전단은 찢겨 있었다.

"저녁 식사예요."

짧은 머리 간호사가 식판을 가져다주었다.

메뉴는 밥, 간장 양념을 바른 방어구이, 뿌리채소조림, 그리고 미니 국수가 함께 나왔다. 새해맞이 국수다. 버섯 국수였다. 두 손을 모아 젓가락을 들고, 다른 병실에 배식하러 가려는 간호사에게 말했다.

"고맙습니다."

간호사가 어깨 너머로 돌아보았다.

"별말씀을요. 천천히 드세요."

"예. 저기, 물을 먼저 가져다주실 수 있을까요? 식판을 치울 때 물을 떠주시니 바쁠 때 죄송해서."

간호사는 잠시 멈춰 섰지만 딱히 문제는 없다고 판단한 것 같았다.

"알겠습니다. 기다리세요."

조용해진 병실에서 천천히 젓가락질을 했다. 이 병원의 저녁 식사는 매일 6시로, 오늘도 어김없었다.

새해맞이 버섯 국수는 아무래도 뜨겁다기보다는, 싸늘한 복도를 지나온 것이 느껴질 정도로 미지근했다. 국수 자체도 평범하고 육수는 조금 싱겁다. 지금까지 먹은 환자식이 비교적 맛있었던 데 비해 버섯 국수는 기껏해야 '평범한 맛'이라는 말밖에 할 수 없다.

하지만 그 평범한 국수가 기뻤다. 매일 먹는 식사도 물론 열심히 고민해준 메뉴지만, 이렇게 특별한 날에 특별한 음식이 나오니 이 좁은 병실도 계절의 흐름에서 소외되어 있지 않다는 것을 느낀다. 이 침대가 외부와 이어져 있음을 새삼스레 믿을 수 있는 것이다.

하지만 국수 양이 적었다. 정말 형식적인 의미밖에 없는,

식사라고 하기에는 너무 소소한 새해맞이 국수였다. 실제 끼니는 함께 나온 밥과 반찬으로 채웠다.

노크 소리가 나더니 내가 대답하기도 전에 간호사가 물컵을 가져다주었다. 오늘은 국수가 나온 만큼 놓을 자리가 없어서 손으로 컵을 받았다.

똑같은 루틴이지만 간호사는 확인을 게을리 하지 않았다.

"물은 다 마셔야 합니다."

"예."

"나중에 식판을 치우러 올게요."

다시 저녁 식사를 했다. 이 추세로 볼 때 내일은 떡국이 나오려나? 떡은 환자식으로 내놓기에 위험하니 다른 형태로 새해를 표현할까? 무슨 음식이 나오면 기쁠까……. 생선살을 곱게 갈아 넣은 달걀말이가 좋겠다. 달착지근한 달걀말이를 한입 베어 물면 분명 행복해질 것 같다.

그런 생각을 하며 뿌리채소조림을 먹었다. 이것도 딱히 특별한 날에 먹는 요리는 아니지만 맛이 좋다. 밥을 먹으며 오사나이가 부탁한 일도 잊지 않고 처리했다. 늑대 인형에게 말을 걸었다.

"꽃에 물을 줬어."

버섯 국수가 미지근한 것처럼 방어구이도 조금 식어 있었다. 그래도 아직 아련히 따뜻해서, 바짝 달구지 않은 부드러운 온기가 기뻤다.

식사를 마치고 젓가락을 내려놓았다. 환자들마다 식사 속도가 달라서 그런지 식판을 치우러 오는 타이밍은 일정하지 않았다. 오늘은 빈 식판을 앞에 두고 십오 분쯤 멍하니 기다렸다.

이윽고 돌아온 간호사가 식판을 치워주고 양치질을 도와주었다. 나는 물어보았다.

"오늘밤에도 일하세요?"

간호사는 이상하게 여기지 않고 대답해주었다.

"아뇨. 정시 퇴근합니다."

"그러시군요. 새해 복 많이 받으세요."

"고바토 씨도 새해 복 많이 받으세요."

그리고 침대에 누워 베개에 머리를 묻었다. 눈을 감자 간호사가 병실 전깃불을 끄고 가만히 문을 닫고 나갔다.

……고요하다.

어둡다.

완전한 무음은 아니다. 온풍기가 돌아가는 나직한 소리가 난다.

온풍기에서 나오는 따뜻한 바람을 느꼈다.

그래도 역시 감출 수 없을 만큼, 오늘밤은 추웠다.

이불 속에서 가만히 발을 내밀어보니 처음에는 시원했지만 이윽고 시릴 정도로 차가워졌다.

잠은 오지 않았다. 나는 눈을 떴다.

제10장

황금인 줄 알았던 시대의 마지막

불은 켜지 않았다. 이 어둠 속에서는 공책을 펼쳐도 아무것도 쓸 수 없다.

그래서 나는 베개에 머리를 묻은 채 천장을 올려다보며 과거를 떠올렸다. 삼 년 전 사건이, 어떻게 끝났는지를.

이나바 강 호텔에서 사건에서 손을 떼라는 말을 들은 이튿날, 오후 늦은 시간에 오사나이가 전화를 걸어왔다.

"갑자기 미안."

"괜찮아. 무슨 일이야?"

"아소야가 연락해왔어. 할 말이 있대."

나는 머릿속으로 아소야가 할 말이라는 게 무엇인지 상상해보았다. 이거다 싶은 확실한 예상은 떠오르지 않았지만 그리 좋은 이야기는 아닐 것 같아서 일단 물어보았다.

"전화로 얘기하는 게 낫지 않아?"

"나도 그렇게 말했어. 하지만 전화로 말고 직접 얘기하고 싶대."

점점 더 수상하다.

과거에 오사나이는 아소야에게 방범 카메라 데이터를 받을 때 나를 경호원 대신 썼다. 나는 딱히 체격이 좋지도, 흉악하게 생기지도 않았지만 남자가 말없이 서 있는 것만으로도 아소야는 나름대로 압박감을 느꼈던 모양이다. 그때 일을 떠올렸다.

"말없이 서 있을 사람이 필요하면 언제든 불러."

오사나이는 내 호의에 감동하지는 않았다. 오늘이 무슨 요일인지 떠드는 잡담이라도 들은 것처럼 "응"이라고만 하더니 이렇게 말했다.

"그럼 삼십 분 뒤에 학교에서."

나는 이제 곧 저녁 식사 시간이라는 것을 생각해내고 오사나이를 설득하려 했다. 하지만 전화가 일방적으로 끊겨버려서 그럴 기회를 놓쳤다.

바로 옷을 갈아입고 몰래 집에서 나와 평소에는 걸어다니는 통학로를 자전거로 달렸다.

아소야에 대해 나는 지금까지 깊이 생각해본 적이 없었다. 왜냐고? 그럴싸한 이유는 몇 가지나 들 수도 있지만 자신까지 속이는 건 좋은 경향이 아니다. 내가 일부러 아소야를 사고에서 배제했던 이유는 다름이 아니라 그녀가 방범 카메라와 연관된 인물이기 때문이다.

우리는 아소야에게 방범 카메라 데이터를 받았지만 거기에는 찍혔어야 할 범인이 찍혀 있지 않았다. 그리고 나는 아직 그 이유를 풀어내지 못했다. 사고 순간에 히사카는 혼자가 아니었다는 추리와, 거기에서 연결된 '동행인'을 알아내는 일에 의식과 시간을 할애하기 위해 방범 카메라의 수수께끼는 일단 미뤄두었다. ……그것도 거짓말은 아니다.

하지만 사실은, 단순히, 풀지 못하고 있는 것이다.

오사나이와 실제로 걸어본 결과, 제방도로를 달리는 자동차가 상류 쪽으로 갔다면 그 편의점에 설치된 방범 카메라에는 반드시 찍혔어야 한다. 그러니 카메라에 찍히지 않았다는 건 자동차가 어딘가에서 되돌아갔거나 사라졌다는 뜻이다. 유턴했다고 생각하는 것은 현실성이 없고, 제방에서 하천 변으로 내려가는 길은 강물이 불어나서 사슬로 막혀 있었다.

그날 제방도로는 이른바 폐쇄된 공간이었다. 범인은 거기에서 어떻게 빠져나왔고 어디로 갔을까?

나는 이거다 싶은 해석이 떠오르지 않았다. 자동차에 대해 잘 모르니까……. 지형도 잘 모르니까……. 지금은 다른 문제를 고민하는 편이 범인을 빨리 찾아낼 수 있을 것 같으니까……. 그런 변명을 스스로에게 되풀이하며 그 수수께끼가 방치되고 있다는 사실에서 눈을 돌리고 있었다.

그래서 아소야의 존재도 떠올리지 않았다.

지금 약속 장소인 학교로 가면서 나는 기대와 두려움을 공평한 크기로 느끼고 있었다. 페달을 밟는 다리는 때로 가볍고, 때로 무거웠다. 아소야가 오사나이를 불러냄으로써 사태가 움직일지도 모른다. 어쩌면 그 폐쇄된 공간의 수수께끼를 풀 단서를 얻을 수 있을지도 모른다. 그런 기대가 있다.

한편으로 그런 단서를 얻고도 여전히 아무것도 알아내지 못할까 봐 두려웠다. 아무리 뛰어난 관찰력과 사고력을 가지고 있어도 단서가 충분하지 않다면 수수께끼의 진상을 간파하지 못하는 건 어쩔 수 없는 일이다. 하지만 만약…… 단서를 얻었는데도 풀지 못한다면, 그것은 무엇을 의미할까?

눈앞의 교차점에서 일시정지 의무를 무시한 자동차가 튀어나왔다. 아슬아슬하게 자전거 브레이크를 잡았다. 날카로운 마찰음이 났지만 자동차는 속도를 늦추지 않고 달려갔다.

위험할 뻔했다. 일단 생각을 멈추고 자전거 페달만 밟았다.

오늘은 일요일이고 해가 저물어가고 있어 학교에 들어갈 수는 없다. 학교에서 만나자고 약속하기는 했지만 정확히 어디에서 만나면 좋을지 고민했는데 오사나이는 교문 앞에 서 있었다. 짙은 색 청바지와 긴소매 티셔츠라는 몹시 간편한 차림으로, 신발도 운동화를 신고 있었다. 아무리 봐도 잠깐 동네에 마실 나온 차림으로, 달리 표현한다면 무척 활동적으로 보였다. 무슨 일이 생겼을 때 빨리 달아나기 위한 대비라고 생각하면 지나친 해석일까?

오사나이는 일단 고개를 꾸벅 숙였다.

"미안해. 쉬는 날에 갑자기."

"신경쓰지 마. 호혜 관계니까."

아소야의 모습은 보이지 않았다. 다른 장소에서 만나기로 약속했나 보다. 오사나이의 자전거도 보이지 않으니 걸어서 갈 수 있는 장소인 것 같았다. 딱히 대답은 기대하지 않고 물어보았다.

"아소야가 무슨 얘기를 할지 짐작 가?"

오사나이는 고개를 갸웃거렸다.

"⋯⋯아소야하고는 그리 친하지 않아. 전에 이런저런 일이 있어서 서로 이름만 아는 정도. 부모님이 편의점을 운영하는 것도 이번에 조사하다가 처음 알았어. 그러니까 접점은 하나뿐이야."

"방범 카메라 문제겠구나."

"아마도. ……늦겠다. 이쪽이야."

오사나이가 앞장서서 걸었고 나는 자전거를 끌며 그 뒤를 따랐다. 이곳의 인도는 그리 넓지 않아 자전거를 끌면서 오사나이와 나란히 걸을 수는 없다.

오사나이의 뒷모습을 바라보며 나는 괜히 속으로 켕겼다. 아소야에게 연락을 받았을 때, 오사나이는 저녁 식사 때인데도 나를 불러냈다. 물론 아소야가 폭력을 휘두를 경우에 대비하려는 의도도 있었으리라. 하지만 오사나이가 이번 사건에서 서로 돕고 정보를 공유하자는 약속을 지켜준 거라고 할 수도 있다. ……나와 달리.

지금이라도 늦지 않았다. 오사나이의 뒷모습을 향해 입을 열었다.

"오사나이."

대답은 없었지만 듣고 있다는 건 알 수 있다.

"할 말이 있어. 히사카의 아버지에게 전화를 받아서, 어제 만나고 왔어."

오사나이는 어깨 너머로 돌아보았다.

"그 사람이 뭐라고 했는데?"

"손을 떼래."

오사나이가 한참 앞을 바라보며 걷다가 시큰둥하게 대답했다.

"그렇구나."

나는 일단 히사카가 차에 치인 사고의 진상을 알아내서 진실은 이렇다고 널리 과시하기 위해 행동하고 있고, 사고와 히사카의 아버지 사이에는 상관관계가 있다. 그런데 오사나이는 자기를 칠 뻔한 운전자가 누구인지 알아내고 속죄를 요구하려고 행동하고 있을 뿐, 그 행동 목적과 히사카의 아버지 사이에는 아무런 관계가 없다. 때문에 "그렇구나"라는 대꾸 외에 딱히 할 말이 없었으리라. 어째서 혼자 갔는지 탓하지도 않았다.

명칭은 나중에 알았지만, 다마가키玉垣라고 불리는 석조 울타리에 에워싸여 나무들이 울창하게 자라고 있는 구역이 앞에 나타났다. 신사다. 이렇게 학교와 가까운 곳에 신사가 있다니, 나는 아예 모르고 있었다. 그리 큰 신사는 아닌데다가 저녁 무렵이다 보니 인적은 드물었다. 오사나이는 전혀 주눅들지 않고 경내로 들어갔다. 나는 자전거를 석조 울타리에 기대어놓고 오사나이의 뒤를 따라갔다.

아소야는 사자와 고마이누* 사이에 놓인 새전賽錢함 앞에 있었다. 검은색과 흰색 줄무늬가 들어간 낙낙한 셔츠에 반바지를 입고 있었는데 심기가 몹시 불편해 보였다. 아소야는 오사나이를 보더니 대번에 이렇게 말했다.

"왜 신사에서 보자는 거야!"

장소를 고른 건 아소야가 아니었나 보군…….

오사나이는 한 귀로 흘려듣고 대답했다.

"집으로 부르기는 싫다, 가게에도 들어가기 싫다, 하지만 누가 듣는 것도 싫다, 그렇게 말한 건 너잖아."

"역 앞에서 봐도 되잖아!"

"그럼 그렇게 말하지. 역은 우리 집에서 멀어서 생각을 못했어."

나는 오사나이를 아직 잘 모르지만 잔뜩 겁에 질린 아소야의 모습을 보니 심리적 압박을 가하기 위해 일부러 이 장소를 골랐을지도 모른다는 생각이 들었다.

아소야는 장소에 불만이 있어 보였지만 내가 따라온 것에는 놀라지 않는 눈치였다. 미리 이야기를 들었거나 아무래도

---

* 사자를 닮은 상상 속의 동물로, 신사나 절을 수호하는 의미로 흔히 사자 조각상과 함께 입구에 한 쌍으로 둔다.

겨울철 한정 봉봉 쇼콜라 사건 (하)

상관없다고 생각하는 것이리라.

오사나이가 대뜸 물었다.

"그래서 할 말이 뭐야?"

아소야 역시 에둘러 말하지는 않았다.

"너 말이야, 뭘 하고 있는 거야?"

"저녁 식사 시간에 불려 나와서 곤란한 참이야."

"장난해? 뭔가 위험한 짓 하고 있는 거 아니야?"

"미안, 아소야. 뭘 묻고 싶은 건지 모르겠어."

아소야는 짜증난다는 듯 머리카락을 쓸어 올렸다.

"경찰이 우리 집에 찾아왔어. 집이랄까, 가게로. 그러더니 방범 카메라 데이터를 내놓으래. 아, 요약해서 그렇다는 거야. 실제로는 더 정중했지만. 그래서 경찰이 찾는 데이터 말인데, 6월 7일 17시부터 달라는 거야. 골라낸 방범 카메라도 네가 달라고 했던 것과 똑같아. 그런 상황에서 네가 경찰이 수사하는 일과 무관하다고 생각하는 게 더 이상하잖아. 뭐야 대체, 6월 7일에 무슨 일이 있었던 거야? 너, 뭘 하고 있는 거야?"

오사나이는 나를 힐끔 쳐다보았다. 우리가 히사카의 뺑소니 사건을 조사하고 있다는 사실은 굳이 비밀이라고 할 것도 없다. 말해줘도 되지 않겠느냐는 뜻으로 고개를 끄덕였다.

그렇지만 아소야는 우리의 눈짓을 이상하게 오해했다.

"말해두겠지만 나도 녹화 영상을 봤어. 경찰이 복사본은 안 된다고 기계를 통째로 가져갔지만, 네게 주기 전에 복사본을 만들어두었으니 그걸로 확인해봤지. 이상한 건 아무것도 없었어. 평범한 자동차가 평범하게 지나다닐 뿐이던걸. 그런 데이터를 제일 먼저 네가, 이어서 경찰이 가지고 갔어. 수상하다고. 아버지에게 걱정 끼치고 싶지 않아. 경찰이 '이거, 왠지 복사한 흔적이 있는데요'라고 말하면 어떻게 하란 말이야?"

오사나이가 정말 선량한지는 모르겠지만 적어도 겁먹은 아소야를 속이며 즐기는 가학성은 없는 것 같았다. 아소야가 말을 마치자 오사나이가 짧게 말했다.

"그 시간에 뺑소니 사고가 있었어."

"……뺑소니?"

"현장은 도고 대교 남쪽 인도. 피해자는 우리 중학교 3학년 1반, 히사카 쇼타로. 범인은 제방도로를 타고 상류 방향으로 달아났고, 아직 잡히지 않았어."

아소야가 어리둥절한 표정으로 눈썹을 찌푸렸다.

"그게 우리 가게하고 무슨 상관이야?"

"현장에서 상류 방향으로 갔을 경우, 사건 당일에 자동차가 제방도로에서 빠져나갈 길은 없었어. 범인의 자동차는 도로를 따라 달릴 수밖에 없었고 네 부모님이 하시는 편의점 '나나쓰야마치 점' 앞을 반드시 지나가."

아소야가 손으로 입을 가렸다.

"잠깐만. 그 말뜻은, 그거야? 범인이 우리 방범 카메라에 찍혀 있었구나?"

"없었어."

아소야가 돌바닥을 쿵쿵 밟았다. ……굉장하다, 정말로 발을 동동 구르는 사람은 처음 본다.

"무슨 소리야? 네가 하는 말, 앞뒤가 안 맞잖아."

"그러니까."

오사나이는 떠먹여주듯 찬찬히 설명해주었다.

"반드시 찍혀 있어야 할 범인의 자동차가 영상에 없었어. 범인은 어떤 방법으로 그 편의점 앞을 지나지 않고 제방도로를 빠져나갔어. 그 방법이 뭔지 아직 알아내지 못했어."

"알아내지 못했다고?"

어스름 속에서도 보일 정도로 아소야의 얼굴에서 핏기가 가셨다.

"그래서 너……."

아소야가 처음으로 나를 쳐다보았다.

"아니, 너희라고 해야 하나. 너희는 범인이 어디에서 어떻게 달아났는지 조사하는 거야?"

오사나이와 나는 엇박자로 끄덕였다. 아소야가 주춤하며 뻗은 손가락으로 우리를 가리켰다.

"며칠씩 들여서?"

조금 불길한 예감이 들었다. 그 예감의 정체를 파악하기 전에 아소야가 버럭 외쳤다.

"멍청이 아냐, 너희! 그럼…… 그럼 답은 하나뿐이잖아. 거기까지 조사했는데 왜 안 찍혀 있는지 모르겠다니…… 야, 거짓말이지?"

거짓말이 아니다.

유감스럽게도 거짓말이 아니다. 나는 알아내지 못했다. 하지만 내가 모른다면 다른 사람도 모를 것이다. 나는 무심코 질문했다.

"뭔가 아는 게 있어?"

그 순간, 아소야가 나를 쳐다보았다. 동정심이 가득한 눈으로.

"몰라, 다 처음 듣는 얘기야. 하지만 그 녹화 영상을 봤으면 결론은 하나잖아. 제기랄!"

아소야가 돌바닥을 걷어찼다.

겨울철 한정 봉봉 쇼콜라 사건 (하)

"미안하지만 너희하고 얘기할 때가 아니야. 난 간다! 이상한 시간에 불러내서 미안했어!"

그 말만 남기고 아소야는 손을 흔들더니 경내 안쪽으로 달려갔다. 그 너머에 뒷길이 있나 보다.

내가 알 수 있었던 건 그 정도였다. 아소야가 무엇을 알아차렸는지는 전혀 모르겠다. 그리고 오사나이 역시 눈을 휘둥그레 뜨고 굳어 있었다. 아소야의 언동은 오사나이도 예상하지 못한 일이었던 것이다.

아소야는 결론에 다다랐다.

하지만 그럴 리가 없다. 그러니까 아소야의 결론은 섣부른 착각이거나 엉뚱한 믿음이거나, 뭔지 몰라도 그런 게 틀림없다. 아소야는 사건 이야기를 방금 전에야 들었고 범인의 자동차가 하늘색 박스형 경차라는 것조차 모르니까……. 그 결론이 정답일 리 없다.

병실은 조용했다.

정적에 익숙해지면 귀는 평소 듣지 못하는 소리도 듣는다. 어디선가 노랫소리가 들려온다……. 아마 홍백가합전이겠지. 이 병원은 9시에 불을 끄니까 그때까지는 누가 텔레비전을 봐도 아무 문제 없다.

베개와 머리 사이에 깍지 낀 손을 집어넣었다. 이제 팔은 마음껏 움직여도 갈비뼈에 거의 영향을 주지 않는다.

어두워서 공책을 펼치지 못하는 건 다행이다. 쓰고 싶지 않은 기억뿐이다. 아소야를 만난 다음 날, 월요일로 기억은 되돌아갔다.

일요일 밤, 나는 잠을 이루지 못했다. 마지막으로 시계를 본 게 새벽 4시였다. 아무리 생각해도 내가 풀지 못한 수수께끼를 아소야가 그 짧은 순간에 풀었을 리 없다는 것을 머리로는 알고 있는데도, 내 의식은 아소야가 알아차린 그 무언가로부터 헤어나지 못했다.

날이 밝으면 월요일이고 학교에 가야 한다. 여름 교복으로 갈아입고 가방을 들고 집을 나섰다. 수면이 부족한 눈에 내리쬐는 여름 햇살이 가혹했다.

평소보다 늦은 시간에 교실에 들어갔다. 조례 시작까지 얼마 남지 않았다. 하지만 그 짧은 시간만으로도 반 아이들의 당혹감을 알아차리기에는 충분했다. 이유는 명확했다. 그날, 3학년 1반에 결석한 학생은 없었다. 히사카가 학교에 나왔다.

히사카에게서는 목발도, 붕대도, 부상자처럼 보이는 것은 무엇 하나 찾아볼 수 없었다. 두개골에 금이 갔을 텐데 머리를 짧게 자르지도 않았고, 사고는 물론 그로 인한 뺑소니 사건도, 아무 일도 없었던 것처럼 자기 책상 앞에 앉아 있었다.

몇몇 아이가 히사카의 귀환을 축하했고, 동시에 은근히 호기심을 채우려 했다.

"어서 와!"

"다행이다."

"경찰하고 이야기해봤어?"

"힘들었겠다."

"괜찮아?"

"걱정했어."

"어땠어?"

"상처는 어때?"

히사카는 다양한 목소리를 귀찮아하지도 않고, 그렇다고 정중하게 받아들이지도 않고, 대부분 건성으로 대답했다.

나는 가방을 내려놓고 내 자리에 앉았다. 문득 히사카 쪽을 쳐다보다가 정확히 눈이 마주쳤다. 히사카도 나를 보고 있었던 것이다. 나는 웃으며 살짝 손을 들었다. 히사카는 아무것도 보지 못한 것처럼 시선을 쓱 돌렸다.

그날, 같은 일이 몇 번이나 있었다. 히사카가 나를 쳐다보고 있다. 하지만 나와 시선이 마주치면 눈길을 돌린다.

우호적인 행동이라고 할 수는 없었다.

그리고 수업이 전부 끝났다.

히사카가 나를 피한다면 굳이 내가 먼저 접촉할 필요는 없다고 생각했다. 시간이 해결해주는 문제도 있을 것이다. 무사히 퇴원해서 체육 수업은 견학만 했지만 그 외에는 문제없이 학교생활을 누리는 히사카를 보면서 나는 직접 한 일도 없는데 이상한 안도감을 느꼈다.

하지만 돌아갈 준비를 하는 내게 히사카가 다가왔다.

"고바토, 잠깐 얘기 좀 할 수 있을까?"

나는 손에 들고 있던 교과서를 가방에 넣고 대답했다.

"물론. 여기서?"

"……아니. 다른 데로 가자."

히사카는 잠시 생각하더니 교실에서 나갔고, 나는 그 뒤를 따랐다.

방과 후 학교에서는 여러 가지 소리가 들린다. 함께 돌아가자고 인사를 나누는 동급생들의 목소리, 금속 방망이가 공을 치는 소리, 누군가 계단을 뛰어 내려가는 소리. 나는 그 소리들 사이에서 운동화가 체육관 바닥을 긁는 소리나 라켓이 셔틀콕을 때리는 건조한 소리가 들리지 않는다는 것을 알아차렸다. 우리가 있는 곳은 체육관에서 많이 떨어져 있었

겨울철 한정 봉봉 쇼콜라 사건 (하)

다. 하지만 지금 이 순간에도 분명 그 소리는 나고 있을 것이고, 히사카는 거기에 없다.

히사카는 걸음이 느렸다. 천천히 걷는 건지도 모른다. 사고 부상 때문에 빨리 걷지 못하는 건지도 모른다. 어느 쪽인지 맞힐 단서는 아직 보이지 않는다.

우리는 그리 멀리 가지는 않았다. 히사카는 3학년 교실이 있는 일반동의 쭉 뻗은 복도 끝까지 걸어갔다. 옛날에 이 동네에 중학생이 가장 많았을 때는 이 복도 끝까지 교실이 있었을 것이다. 그랬던 교실이 지금은 아무도 쓰지 않는 채로 자물쇠가 걸려 있어 들어갈 수도 없다. 우리 교실에서부터 복도를 따라 걸어왔을 뿐인데 이 주변은 너무 조용해서 격리된 느낌이었다.

히사카가 뒤를 돌아보았다. 나는 오늘 하루 종일 하고 싶었던 말을 겨우 했다.

"퇴원 축하해."

히사카의 표정에는 큰 변화가 없었다.

"고마워."

"언제 퇴원했어?"

"토요일 아침. 네가 문병 온 후에 조금 부어올라서 퇴원이 늦어졌어."

"지금은 괜찮은 거지?"

"그래."

"다행이다."

그렇게 말하다가 나는 감전당한 것처럼 충격을 받았다. 토요일 아침이라고?

그럴 리는 없다. 토요일 아침에 히사카는 아직 병원에 있었을 것이다. 하지만 지금 히사카가 거짓말을 할 이유도 없다. 그렇다면…….

이것은 단서다. 엄청나게 중요한 단서다.

사실 전부터 의심스러운 점이 있었다. 지금 새로운 단서를 얻은 나는 그 의문을 풀 수 있을 것이다.

히사카가 입을 열었다.

"고바토, 저기 말이야……."

할 말이 있다고 한 건 히사카니까 상대에게 우선권이 있다는 건 알고 있었다. 하지만 나는 히사카 쪽으로 손바닥을 펼쳐 보이며 억지로 생각할 시간을 만들어냈다.

그런가. 그런 거였나.

"……토요일 오후에, 네 아버지를 만났어."

히사카의 표정이 대번에 사나워졌다.

"뭐라고?"

"내게 전화로 연락해서 네 아버지라고 했어. 하지만 조금 이상했어. 어디라고 딱 집어 말할 수는 없었는데 이제 알겠어. 네 아버지라던 그 사람, 네가 퇴원한 사실을 모르고 있었어."

그 남자는 히사카의 퇴원 일정은 의사가 판단할 문제라 언제가 될지 모른다고 했다. 하지만 그때 히사카는 이미 퇴원했다. 퇴원 사실을 모르다니, 아버지라면 있을 수 없는 일이다.

진짜 아버지라면.

"그 사람, 아마 가짜였을 거야."

마음에 걸렸던 것은 그 점이었다. 그 남자는 자기를 히사카의 아버지라고 소개했다. 하지만 나는 딱히 그 사람과 히사카가 닮았다고 생각하지 않았고, 신분증으로 본인 이름을 확인한 것도 아니었다. 만약 오사나이가 이 사실을 알았다면 '확인하는 게 좋았을 텐데'라고 말했을까.

나는 내 연락처를 고바토라는 이름과 함께 오요 고등학교 앞 게시판에 붙였다. 거꾸로 말하면 그 게시판의 전단을 본 사람이라면 누구든 내게 전화할 수 있었다.

"그냥 지나가던 사람이 장난이나 변덕으로 전화했을 리는 없어. 이나바 강 호텔 라운지에 일부러 자리를 마련해서 사람을 불러내는 수고를 감수하는 게 단순한 장난일 리 없어."

잠자코 있는 히사카에게 나는 단숨에 쏟아냈다.

"그 남자는 수사 진행 상황이 궁금했던 거야. 아들이……히사카가 뺑소니 사고를 당해 보험회사에 사고 상황을 알려야 한다고 했어. 하지만 그 사람이 네 아버지가 아니라면 보험회사 이야기도 사실이 아니겠지. 그럼 대체 누가 뺑소니 사건의 수사 진행 상황을 궁금해할까?"

등줄기가 오싹했다.

"어쩌면 나는…… 범인을 만난 건지도 몰라."

히사카는 고개를 숙이고 있었다.

자기를 차로 친 범인이 자기 아버지를 사칭해서 반 친구에게 접근했다……. 분명 듣기 좋은 이야기는 아닐 것이다. 하지만 이 정보는 어쩌면 범인 체포의 결정적 단서가 될지도 모른다.

히사카는 어딘가 피곤한 미소를 띠고 있었다.

"……대단해, 고바토 넌. 언제 퇴원했는지만 듣고도 그만큼 알아낸 거야? 훌륭해, 정말."

히사카는 이어서 알겠다는 듯 끄덕이더니 이렇게 말했다.

"모처럼 여러모로 고민해줬는데 미안하지만, 이 좀 악물어."

"어?"

　　　　　　　　　　　겨울철 한정 봉봉 쇼콜라 사건 (하)

찰싹, 얼빠진 소리가 났다.

히사카가 오른손으로, 내 뺨을 쳤다.

아프지는 않았다⋯⋯. 거의 어루만지듯, 그 따귀는 힘이 없었다. 나는 아파서가 아니라 놀라서 휘청거렸다. 히사카는 자기 손바닥을 바라보고 있었다.

"한심하네. 아파서 손목 힘을 쓸 수가 없어. 뭐, 힘줄을 다친 건 아니라서 금방 낫는다고 하지만."

그리고 히사카는 허탈한 표정을 지었다.

"야, 고바토. 내가 그렇게 해달라고 부탁했어? 내가 무슨 말을 할 때마다 단서가 아닌가 고민하고, 휴일에 호텔에서 사람을 만나고. 내가 그렇게 해달라고 했어? 반대였지? 나는 네게 완전히 반대로 말했잖아. 괜한 짓은 하지 말라고. 잊었어?"

나는 얼어붙어서 아무 말도 할 수 없었다. 히사카가 일방적으로 말했다.

"나는 똑똑히 기억해. 그 병실에서, 문병을 와준 네가 뺑소니 범인을 찾고 있다는 말을 듣고 분명히 말했어. 아무것도 하지 말라고, 그만두라고. 잊었다는 말은 못하겠지?"

히사카는 그리 말수가 많은 편이 아니다. 거침없이 말하는 게 아니라 단어를 한 마디 한 마디 이어갔다.

"똑똑히 말했는데 어째서 이런 짓을 했어? 어째서? 우시 오에게 들었어. 뺑소니범을 찾아내자는 말을 먼저 꺼낸 건 그 녀석이라고. 하지만 그 녀석은 금방 손을 뗐고 그후로는 전부 네가 조사했다고. 그렇지? 그 말이 맞는 거지?"

"……."

"후지데라에게도 들었어. 말하지 말라고 했는데 그 녀석, 전부 네게 말했다고."

"후지데라는 잘못 없어."

"그 녀석이 잘못했다고 말하는 게 아니야. 하지만 나는 그 녀석을 원망하겠지. 물론 너도. 너는 여기저기 들쑤시고 다 니면서 기어코 내가 말하지 말아달라고 부탁한 녀석의 입을 열게 했어. 어째서?"

뺑소니범을 잡고 싶었으니까. 잡아서, 그리고…….

나는 뭘 하고 싶었을까?

창문으로 저녁노을이 히사카에게 쏟아지고 있었다.

"야, 고바토. 나는 충분히 불운했어. 그냥 걷고 있었을 뿐 인데 차에 치였어. 그렇게 중학교 마지막 대회를 날려버렸 어. 난 전국 대회에 나가고 싶었어. 그야 전국의 강호를 상대 로 이길 수 있다고 생각하는 건 아니지만, 조금은 겨뤄볼 수 있지 않을까 싶었어. 여름 대회 성적에 따라서는 체육 특별

겨울철 한정 봉봉 쇼콜라 사건 (하)

전형도 노려볼 수 있었어. 하지만 그것도 날아갔어. 딱히 좋아서 시작한 건 아니었지만 중학교 내내 매달려왔던 것을, 나는 전부 잃었어."

히사카는 나를 때린 손바닥을 몇 번 쥐었다 폈다 했다. 아픈 거겠지.

"하지만 솔직히 그런 건 아무래도 좋았어. 아니, 좋지는 않지만 체념할 수 있어. 어쩔 수 없으니까, 사고니까. 그런 일을 당했는데 살아 있는 것만으로도 충분했어. ⋯⋯그런데 네가 튀어나왔어. 하지 말라고 한 일을 태연히 했지."

"나는⋯⋯."

그다음 말이 나오지 않았다. 히사카는 나를 탓한다기보다 진심으로 궁금한 것처럼 물었다.

"내가 너한테 무슨 짓이라도 했어? 원망 살 짓을 했어? 나는 말이야, 그렇게 눈치가 빠른 편이 아니야. 동아리에서도 우시오에게 도움만 받아. 그래서 네게 뭔가 잘못을 저질렀을지도 몰라. 그 원한을 풀고 싶은 거라면 그나마 이해가 가."

"그렇지 않아."

"⋯⋯알아. 네게 악의가 없었다는 건. 그게 열 받아. 묘한 표정이네, 고바토. 마치 자기가 무슨 짓을 했는지 모르는 것 같잖아?"

히사카는 웃고 있지만 우는 것처럼 보였다. 어쩌면 울고 있지만 웃는 것처럼.

"야. 너, 성가셔."

"⋯⋯."

"전에도 말했어. 한 번 더 말할게. 그리고 이번이 마지막이야."

어딘가 철부지에게 타이르는 듯한 말투였다.

"내버려둬. 부탁이야."

히사카는 천천히 떠나갔다. 조금, 다리를 끌며. 나는 손으로 뺨을 짚었다. 하나도 아프지 않았지만 히사카의 손바닥이 닿은 자리가 몹시 얼얼하게 당기는 것 같았다.

천천히, 히사카가 멀어져간다. 방과 후 복도 끝에서 나는 홀로 멍하니 서 있었다.

나는⋯⋯.

히사카의 말이 맞다. 나는 내가 무슨 짓을 했는지 알지 못했다.

어째서 히사카는 뺑소니 사건의 조사를 이토록 거부하는 걸까? 어째서 히사카는 저렇게 상처 입은 표정을 짓는 걸까?

히사카가 계단으로 사라지자 나도 걸음을 뗐다.

⋯⋯지금까지 조사한 결과로는 사고 당일 히사카는 교제

180   겨울철 한정 봉봉 쇼콜라 사건 (하)

상대 오카하시가 아닌 다른 여학생과 함께 걸어가고 있었을 확률이 높다. 그 여학생의 존재를 히사카가 숨겼다는 점, 여학생도 사고 현장에서 신속하게 떠났다는 점에서 누나나 여동생처럼 히사카가 감출 필요 없는 상대였다고 생각하기는 어렵다. 나도 후지데라의 추측처럼 다중 교제였다고 생각한다.

하지만 히사카는 단순히 다중 교제를 폭로당해서 저렇게 슬퍼 보였던 걸까? 손목에 힘이 들어가지 않는 손으로 따귀를 때릴 정도로 나를 용서할 수 없었을까? 나는 조사 결과를 다른 사람에게 퍼뜨리지는 않았다. 후지데라도, 오사나이도, 그런 짓은 하지 않았을 것이다.

나는 멍하니 복도를 걸었다. 아까 히사카와 복도 끝까지 간 후로 십 분도 지나지 않았는데 복도는 기묘하리만치 조용했다.

뺨을 문질렀다.

생각이 뿔뿔이 흩어져서 집중할 수가 없다. 히사카가 어째서 화를 냈는지, 굳이 알아낼 필요가 있을까? 그리고 어째서 나는 이렇게나 동요하는 걸까? 다리에 힘이 들어가지 않아 휘청거렸다. 뺨을 맞은 충격이 어지간히 컸던 걸까? 그런 이유는 아닌 것 같았지만, 그렇다면 다른 이유가 있는지 고민해 봐도 아무런 생각도 떠오르지 않았다.

3학년 1반 교실로 들어갔다. 아까 히사카와 함께 나왔을 때는 학생들이 몇 명 남아 있었는데 지금은 한 명뿐이다. 그 한 명은 어딘가 창백한 얼굴로 내 책상 앞에 서 있었다. 오사나이다. 손에 신문을 들고 있다.

"오사나이."

이름을 부르자 오사나이는 손에 든 신문을 말없이 펼치고 그중 한 곳을 가리켰다. 묘하게 얇은 신문이다 싶었더니 석간이었다.

(6월 19일《기후 신문》사회면)

기라 경찰서는 19일, 도로교통법 위반(뺑소니) 혐의로 기라 시에 거주하는 아르바이트생 나가하라 다쿠마(21)를 용의자로 체포했다.

체포 사유는 이번 달 7일 오후 5시 6분경, 기라 시 도고 정 제방도로에서 중학생(15)을 차로 친 뒤 구호하지 않고 달아난 혐의다.

용의자는 경찰 조사에서 "휴대전화를 보다가 사고를 냈지만 달아난 기억은 없다"고 혐의를 일부 부인하고 있다.

21세.

이나바 강 호텔에서 만난 남성은 아무리 봐도 마흔은 넘어 보였다. 다시 말해 그 남자가 범인이라는 추리는 완전히 빗나갔다.

사건은 끝났다. 우리의 수사는 범인의 그림자에도 미치지 못했다.

나는 단순히 히사카에게 상처를 입히고…….

결국 성과는 그것뿐이었다.

이것이 히사카 쇼타로 뺑소니 사고의 전말이다.

나는 삼 년 전, 범인의 자동차가 어째서 방범 카메라에 찍히지 않았는지, 그 수수께끼에 도전하기를 회피했다. 적극적으로 새로운 단서를 얻으려 하지도 않았다. 만약 단서를 다 갖추었는데도 풀지 못하면 그것은 내 무능력을 증명하는 꼴이 되기 때문이다. 그리고 실제로 그렇게 되었다. 나와 똑같은 단서밖에 없었을 아소야가 사정만 듣고도 대번에 수수께끼를 푸는 순간을 나는 보았다. 아소야가 수수께끼를 푼 다음 날에 범인이 체포된 것은 우연이 아닐 것이다.

게다가 나는 풀지 못한 수수께끼를 끈기 있게 풀려 하지 않고 현장에 있던 '동행인'을 찾아내는 일에 집착했다. 지금도 완전히 엉뚱한 방침이었다고 생각하지는 않는다. 하지만 역시 그 선택의 근본은 풀지 못하는 수수께끼로부터 도피하려는 심리였다. '동행인'을 찾아내려다가 히사카의 사생활을 폭로했지만 그것은 사건 해결에 전혀 도움이 되지 않았다.

결국 단순히 폭로만 했을 뿐이었다.

수사는 무참한 실패로 끝났다. 내가 아무리 자신감 넘치는 중학생이었다고 해도, 부분적으로나마 성공했다고 스스로 위로조차 할 수 없는 완벽한 실패였다.

나는 사태를 직시할 수 없어 이 문제에 대한 새로운 정보를 거부했다. 눈을 돌리고, 귀를 막았다. 그래서 나는 뺑소니범 나가하라 다쿠마에 대해 신문으로 읽은 정보밖에 모르고, 범인 체포 이후에 히사카와 이야기도 나누지 않았다. 물론 후자의 경우 뭔가 물어보고 싶었어도 불가능했을지 모른다. 히사카는 사건 이후 누구와도 대화를 거의 나누지 않았으니까.

……중학 시절을 되돌아보면 찬란한 성공이 가장 비참한 결과를 가져온 사건이나 고생했는데 보답이라곤 비웃음과 욕설뿐이었던 사건 등, 기억하고 싶지도 않은 일은 많았다. 하지만 복잡한 수수께끼의 진상을 푸는 행동에 희미한 망설임을 느끼게 된 계기는 역시 이 사건이었다.

이 사건은 오사나이에게도 상처를 남겼다. 오사나이는 아소야에 대한 우위를 잃었다. ……오사나이 유키는 두려워할 필요가 없는 상대로 인식된 것이다. 나는 당시의 오사나이가 어떤 상황에 처해 있었는지 자세한 사정은 모른다. 다만 알 수 있는 것은 아소야에 대한 우위를 잃은 오사나이가 물리적인 위협에 노출되었다는 것뿐이다. 오사나이는 뺑소니범의 체포 소식이 알려진 뒤 일주일 동안 학교에 나오지 않았다.

나와 오사나이는 둘 다 만신창이가 되어서, 중학교를 졸업하기 전에 고등학교에서는 꼭 우리의 어리석은 성향을 봉인하자고 맹세했다. 서로 도와서, 소시민이 되기로 약속한 것이다.

그후로 삼 년 동안 우리는 스스로 정한 좌우명이 얼마나 염치없는 소리인지 직면하게 되었다. 하지만 이것은 여기서 할 이야기는 아니다.

어디선가 홍백가합전(혹은 다른 프로그램) 소리가 희미하게 들려왔다. 나는 어스름 속에서 천장을 올려다보았다. 잠은 오지 않았다.

지금, 나는 확신하고 있다. 삼 년 전 내가 히사카에게 무슨 짓을 했는지.

두 사람과 동시에 교제하고 있던 사실을 폭로……한 것이 아니다.

과거의 나는 그런 줄 알았다. 하지만 아니다. 분명 그게 아니었던 것이다. 하지만 그렇다면 나는 무슨 짓을 했던 걸까?

밤에 깨어 있었던 적이 없어서 몰랐지만 이 병실의 벽시계는 바늘에 형광도료가 칠해져 있는 것 같았다. 시각은 8시 47분, 이제 곧 소등 시간이다. 9시가 넘으면 텔레비전도 켤 수 없으니 희미하게 들려오는 노랫소리도 사라질 것이다. 날이 밝을 때까지는 지겹도록 긴 밤이 되리라.

노크 소리도 없이 조용히 문이 열렸다. 병실에 비친 복도 불빛에 눈이 부셔서 손바닥으로 눈을 가렸다.

문가에는 털 달린 후드를 뒤집어쓴 사람이 서 있었다. 역광이다. 하지만 한눈에 알아보았다. 나는 말했다.

"안녕."

오사나이가 고개를 살짝 기울이며 감흥 없이 대답했다.

"오와아, 안녕."

제11장

죗값

　오사나이는 크림색 다운 코트를 입고 회색 목도리를 감고 있었다. 오사나이는 추위를 못 견딘다. 겨울철은 특히 복슬복슬해진다.

　뒤집어쓰고 있던 후드를 벗으니 오사나이는 다운 코트와 비슷한 크림색 귀마개도 하고 있었다. 오사나이가 귀마개를 빼서 목에 거는 사이 병실 문이 저절로 닫히더니 틈새로 들어오던 빛도 사라졌다.

　"역시 그랬어. 너무 매일 자고만 있어서 이상하다 했어."

　나는 쓴웃음을 지었다.

　"이건 푸념인데, 낮에 왔으면 좋았잖아."

　"바빴어."

"하긴 수험생이니까."

"맞아. 그리고……."

오사나이가 우물거리자 내가 살짝 농담을 던졌다.

"탐정 노릇도 해야 했고?"

오사나이는 나를 매섭게 노려보더니 어둑한 병실 안을 천천히 걸어 침대 옆 테이블로 다가갔다. 드라이플라워를 꽂아둔 꽃병을 들고 흔들자 조용한 병실에 물이 찰랑거리는 경쾌한 소리가 울렸다. 나는 말했다.

"용케 물을 의심했네."

오사나이는 꽃병을 도로 테이블에 내려놓았다.

"평소 같으면 고바토도 금방 눈치챘을 거야. 어째서 평소와 달리 이른 시간에 깊이 잠드는지."

"나름대로 큰 부상을 입었으니 몸이 낫는 동안은 다 이런 줄 알았어."

"매일 밤 물 한 잔을 다 마시라고 하는 것도 이상해. 그러면 화장실에 가고 싶어지잖아."

"치료의 일환이라고 해서 의심하지 않았어."

당사자일 때는 의심할 수 없는 위화감을 객관적인 제삼자가 대번에 알아차리는 경우는 드물지 않다. 그렇지만 오사나이의 지시는 흥미로웠다.

"꽃에 물을 주라니, 우회적인 메모를 남겼네."

오사나이가 그 메시지와 함께 준 꽃은 드라이플라워였다. 당연히 물이 필요 없다. 그래도 꽃에 물을 주라는 게 어떤 의미인지, 다행히 나는 눈치챌 수 있었다. 그러니까 이런 뜻이다.

'저녁 식사 후에 나오는 물은 마시지 말고, 꽃병에 버려.'

감시당하느라 한 번은 실패했다. 하지만 두 번째에는 성공해서 물을 마시지 않았다. 입원한 후로 오늘까지 소등 시간이 되도록 깨어 있었던 적은 한 번도 없었는데 물을 버린 오늘은 이렇게 의식이 깨어 있다. 결과를 보면 무슨 일이 있었는지 명백했다. 나는 드라이플라워가 꽂힌 꽃병을 바라보았다.

"약을 먹였을 줄은 몰랐어."

"나도 처음에는 안 믿었어. 믿을 수 없었어."

오사나이는 잠시 가만히 있다가 나를 보았다.

"더 빨리 경고해줄 수 있었는데 내 생각을 믿을 수가 없었어. 미안해, 고바토."

사과할 필요는 하나도 없다.

"그게 뭐가 미안해. 나야말로, 미안. ……밀쳐내서."

사고 직전, 나는 오사나이를 어깨로 밀쳤다. 오사나이는 제방 측단으로 굴러떨어졌다.

"안 다쳤는지 계속 마음에 걸렸어. 분명 다른 방법도 있었을 텐데."

"……고바토."

"붕어빵, 먹고 있었잖아. 그것도 엉망이 되었지? 미안해, 어디 부딪치진 않았어?"

"고바토."

오사나이는 침대에 누워 있는 내게 얼굴을 가까이 댔다.

"나는 가벼운 타박상뿐이었고 붕어빵은 아무래도 상관없어. 고바토가 신경쓰이면 다음에 사다줄게. 알았으면 내 얘기를 들어."

"……."

"알고 있겠지만 고바토는 다섯 시간이나 의식을 잃고 있었어. 그동안 내가 뭘 했는지 알아? 이 병원 대합실에서 계속 검색했어. '머리 충격 의식 없음 1시간', '머리 충격 의식불명 2시간' 이렇게. 소용없는 일인 줄 알면서도 멈출 수 없었어. 손가락이 떨려서 계속 오타를 냈다고 하면 고바토는 믿어줄 거야?"

그렇게 물으면, 믿기 어렵다는 생각도 들었다.

오사나이는 두 손을 모으고 똑바로 일어섰다.

"제대로 말할게. 그때 나는 차가 오는지 몰랐어. 고바토가

겨울철 한정 봉봉 쇼콜라 사건 (하)

밀쳐내지 않았다면 차에 치였을 거야. 고바토가 살아 있어서 기뻐. 그렇게 크게 다쳤는데 다행이라는 말은 할 수 없지만, 고바토가 살아 있어서, 지금 이렇게 이야기할 수 있어서, 난 정말, 정말로 기뻐. ……구해줘서 고마워."

오사나이는 이렇게 다부지게 말하는데, 나는 영 꼴불견이었다. 가볍게 사람들을 도와주고 산뜻하게 떠나는 히어로를 동경한 적은 있지만 목숨을 걸고 다른 사람을 돕는 자기희생 타입의 히어로가 되고 싶었던 적은 한 번도 없었고, 비슷한 일이 또 생긴다면 그때는 분명 혼자서만 살려고 할 것이다. 하지만 그런 나라도 그 순간만은 오사나이를 구할 수 있었다.

다른 일은 아무래도 상관없었다. 되돌릴 수 없는 결말이 바로 눈앞에 닥친 순간 나는 나쁘지 않은 선택지를 골랐고, 그런대로 잘 해냈다.

나는 손바닥으로 눈을 가렸다. 오사나이도 분명 내 눈물을 보기는 싫을 테니까.

어느새 텔레비전에서 흘러나오던 노랫소리가 들리지 않았다. 나는 눈이 어둠에 익어 이대로도 문제없었다. 오사나이도 병실에 불을 켜려고 하지 않았다.

"그나저나."

나는 밝은 목소리를 지어냈다.

"내가 시키는 대로 물을 마시는 걸 용케 알고 있었네."

오사나이는 시시한 농담을 들었다는 표정을 지었다.

"알고 있었잖아?"

무슨 소리냐고 묻지는 않았다. 실패한 농담을 되풀이할 생각은 없다. 나는 손을 뻗어 테이블에서 늑대 인형을 가져왔다. 오사나이의 문병 선물이다.

"일부러 샀지? 비싸지 않았어?"

"공짜는 아니었어. 하지만 그런 얘기는 하고 싶지 않아."

나는 인형에 대고 말했다.

"안녕."

하지만 오사나이는 그리 감명을 받은 기색이 아니었다.

"고바토, 살짝 틀렸어. 말을 걸고 싶다면 그쪽이 아니야."

"어?"

나는 당황했다. 제법 자신 있었는데.

오사나이가 테이블을 가리켰다. 그 위에 있는 것은 드라이 플라워 꽃병과, 한 알 남은 봉봉 쇼콜라뿐.

······설마.

나는 봉봉 쇼콜라 상자를 들고 바닥을 손가락으로 튕겨보았다. 오사나이가 눈썹을 찌푸렸다.

"잡음이 들어가니까 그만둬."

"이쪽이었나."

옆에서 상자를 살펴보았다. 안에 든 봉봉 쇼콜라에 비해 확실히 불필요할 정도로 상자가 깊었다. 상자 바닥을 보니 "봉봉 쇼콜라 16개입"이라고 적혀 있다.

그런가. 이 상자는 바닥이 이중이구나. 원래 봉봉 쇼콜라가 들어 있어야 할 아랫단에 지금은 다른 게 든 건가.

"누가 몰래 약을 쓴 것에도 놀랐지만 도청기가 설치되어 있는 것에도 놀랐어."

오사나이가 억울해 죽겠다는 듯이 나직하게 말했다.

"도청기가 아니야. 무전기."

"그래?"

"그래. 상시 작동하는, 발신 전용 무전기."

그걸 도청기라고 부르지 않나…….

오사나이가 어딘가 감개무량한 기색으로 말했다.

"고생했어. 의료 기기에 영향을 주지 않는 주파수의 기계를 찾아야 해서. 난 아는 게 별로 없어서 잘 아는 사람의 도움을 받았어."

온당한 협력 요청이었기를 바란다.

오사나이는 필요하다면 크게 수단을 가리지 않는 타입이기

는 하지만, 내가 아는 한 아무나 도청하는 취미의 소유자도
아니다. 내가 매일매일 저녁 식사를 마치고 나면 깊이 잠들
어 깨어나지 않는다는 것을 안 이상 그 이유를 알아내기 위해
도청기…… 아니, 무전기를 설치한 행동도 이해 못하는 바는
아니지만, 이 봉봉 쇼콜라는 크리스마스 선물이었다. 내가
차에 치인 것은 22일 저녁이었으니 오사나이는 거의 사고 직
후에 무전기를 마련했다는 뜻이다.

"애초에 무전기를 둘 생각은 왜 했어?"

"대충 알잖아."

"뭐, 대강은. 하지만 빗나갔을지도 모르니까."

내가 그렇게 말하자 오사나이가 공포로부터 몸을 지키려는
듯 가만히 팔로 자기 몸을 감쌌다.

"나, 차가 오는 걸 늦게 알아차려서 확신은 없었어. 하지만
고바토를 친 차는 브레이크를 밟지 않은 것 같았어."

그날은 드물게 눈이 쌓여 있었다. 이 동네는 눈이 별로 내
리지 않아 겨울에도 스노타이어로 바꾸는 차가 많지 않은 듯
하다. 일반 타이어로 눈길 위를 달리는 것은 몹시 위험해서
다른 차들은 천천히 달리고 있었다.

나를 친 차도 그렇게 빨리 달리고 있지는 않았다. 그렇지
않았다면 나는 지금 여기에 없을지도 모른다. 작고 노란 차가

천천히 우리 쪽으로 다가왔고, 그대로 지나칠 줄 알았던 순간 자동차가 방향을 틀었다.

오사나이의 말대로 운전자는 브레이크를 밟지 않았던 것 같다. 이 사실은 사정 청취 때 경찰에도 말해서 조서로도 남아 있다.

삼 년 전, 나는 오사나이에게 히사카를 친 차가 오사나이를 노렸던 게 아닌지 넌지시 물었다. 그 말에 오사나이는 죽을 뻔한 사람에게 살의가 깃든 결과였을지도 모른다고 암시하는 건 하나도 재미없는 농담이라고 가르쳐주었다. 이번에 죽음을 눈앞에서 느낀 경험으로 말하건대 그때 오사나이가 한 말은 옳았다고 말할 수밖에 없다.

하지만 그것은 대단한 근거 없이 고의일 가능성을 거론하는 게 불쾌하다는 뜻이지, 실제로 고의일 가능성이 있는지를 검토하지 말라는 뜻은 아니다. 그날 나는 의도적으로 차에 치였고…… 살해당할 뻔했다는 가능성을 부정할 수 없었다.

오사나이도 똑같은 생각을 한 모양이다. 그렇기 때문에 봉봉 쇼콜라, 그리고 무전기를 준비한 것이다.

"운전자가 정말 고바토를 고의로 노렸다면 병원도 안전하지 않다고 생각했어. 고바토가 어느 병원으로 실려갔는지 신문에도 실렸으니까. 유치한 발상이라는 생각도 했어……. 사고가 사실은 의도적인 범죄일지도 모른다고 의심하다니. 하지만 몇 번을 되짚어봐도 범인은 브레이크를 밟지 않은 것 같았어."

그렇다고 병실 안에서 나를 계속 호위할 수도 없다. 그 뺑소니가 살인미수라는 확증이 있는 것도 아니다. 그래서 최소한, 병실 안에 이변이 없는지 정보를 수집하기 위한 도구가 필요했으리라.

오사나이가 내게 무전기의 존재를 숨길 이유는 없다. 한 번이라도 만났다면 오사나이는 분명 봉봉 쇼콜라의 장치에 대해 알려주었을 것이다. 하지만 실제로 오사나이가 찾아왔을 때 나는 깊이 잠들어 있었다.

오사나이는 내 손에서 봉봉 쇼콜라 상자를 가져가 가만히 바라보았다. 내용물은 한 알 남아 있었다.

"록폴 치즈 봉봉을 남겨두었네. 치즈 싫어해?"

"그렇지 않아. 대충 고르다보니 우연히 남은 것뿐이야."

"……고바토도 나처럼 그 사고가 정말 사고였는지 의심했을 거야. 고바토, 이 봉봉 쇼콜라가 미심쩍다거나, 누가 죽이려고 했던 건지도 모른다는 말을 한마디도 안 했잖아."

"뭐, 그거야. 아니, 24시간 도청하고 있었어?"

"최소한 '방청'이라고 해줘."

"의미가 다른 것 같은데."

"……24시간 계속 듣는 짓은 안 해. 고바토라면 말을 안 했을 거라고 생각했을 뿐."

당했다. 미끼를 던지다니.

오사나이는 훌륭하게 맞혔다. 나도 사고가 사실은 고의였을지도 모른다고 의심하는 유치함을 부끄럽게 생각하면서도 그날 있었던 일이 살인미수가 아닐까 의심했다. 그렇기 때문에 고의범일 가능성을 일부러 입에 담지 않았다. 오사나이가 무전기를 설치한 것처럼, 범인이 어떠한 방법으로 이 병실의 상황을 살피지 않는다는 보장이 없었기 때문이다. 침대에서 움직이지도 못하는데 내가 살인을 의심하고 있다는 사실을 범인에게 들키는 건 그리 안전한 행동이라 하기 어렵다.

물론 범인이 의도적으로 나를 쳤다고 해도 나를 고바토 조고로로 인식하고 그런 건지는 알 수 없었다. 어떤 이유로 울분이 쌓인 범인이 누구든 상관없으니 차로 쳐서 죽이고 싶었던 걸지도 모른다는 생각은 했지만 조심해서 나쁠 건 없었다.

오사나이가 태연하게 말했다.

"그리고 내가 맨 처음 선물한 건 녹음기였어."

"녹음기? 무전기가 아니라?"

"싸구려 무전기는 전파가 약해서 결국 계속 병원 근처에 있어야 하잖아. 그러면 아무 데도 갈 수 없고, 밖에서 듣고 있기엔 너무 추우니까 처음에는 오래가는 녹음기를 두고 상황을 살폈어. 그랬더니 고바토, 저녁 식사 후에는 항상 바로 잠드는 거야. 조금 이상하다 싶어서 도청⋯⋯ 무전기로 바꿨어. 사실은 저녁 식사 때 만날 수 있으면 좋았겠지만 식사 때는 면회 금지라서."

그러고 보니 나도 삼 년 전 히사카를 문병하러 갔을 때 저녁 식사 시간은 면회 금지라는 말을 들었다. 그건 그렇고.

"아까 도청기라고 말하려고 했지?"

오사나이는 억울하다는 듯 고개를 저었다.

"안 했어."

오사나이가 어느 타이밍에 녹음기를 무전기로 바꾸었는지 굳이 묻지는 않았다. 아마도 드라이플라워에 물을 주라는 메모를 남기기 전날이나 전전날이리라. 그리고 나는 눈치챘다.

오사나이가 들고 있는 초콜릿색 상자를 바라보며 물었다.

"혹시 봉봉 쇼콜라는 두 상자였어?"

녹음기를 회수해서 음성을 들으려면 봉봉 쇼콜라의 이중 바닥을 열고, 아마 테이프 같은 것으로 고정해둔 녹음기를 떼어내야 했을 것이다. 소리도 나고 시간도 걸리는 그 작업을 오사나이가 병실 안에서 했을 것 같지는 않다.

오사나이는 똑같은 봉봉 쇼콜라와 녹음기를 두 개씩 구해서 상자를 바꿔치기 했던 것이다. 그렇게만 하면 음성 데이터가 든 녹음기를 회수하고, 새로 녹음이 시작된 녹음기를 이 병실에 설치할 수 있다. 같은 수법으로 녹음기를 무전기로 바꿔치기 했을 것이다.

　오사나이는 고개를 갸웃거렸다.

　"몰랐어? 고바토가 어느 봉봉 쇼콜라를 먹었는지까지는 따지지 않았으니 같은 맛을 먹은 적도 있었을 텐데."

　듣고 보니…… 바닐라를 두 번 먹은 것 같기도…….

　아무리 컨디션이 정상은 아니었다지만 눈앞에서 바꿔치기 한 줄 몰랐다니 너무 한심했다. 다리가 멀쩡했으면 발을 동동 굴렀을 것이다.

　나를 내려다보던 오사나이가 피식 입가를 누그러뜨린 것 같았다.

　"지금, 웃었어?"

　"안 웃었어."

　어쨌거나 오사나이는 이 병실을 도청하기 시작했다. 그리고 몇 번이나 문병을 왔는데도 내가 이른 시간에 깊이 잠들어 있는 것을 수상하게 여기고, 도청 기록을 단서로 저녁 식사 후 제공되는 물이 수상하다는 결론을 내렸다.

봉봉 쇼콜라를 하루 한 알씩 먹으라고 적어둔 것은 상자를 계속 테이블에 두게 하려는 속셈이었으리라.

침대 위에 놓인 인형을 보면서 물었다.

"그럼 이 인형은 뭐였어?"

"깜찍한 인형을 두는 데 이유가 필요해?"

"그런 건 아니지만."

"범인이 무전기를 의심했을 때 쓸 깜찍한 미끼."

미끼였나……

"하지만 난 왜 고바토를 잠재웠는지 모르겠어."

오사나이가 그렇게 말했다. 나는 그 점에 대해 확신에 가까운 의견이 있었다. 하지만 일단 한 가지 더 확인하고 싶은 점이 있었다.

"오사나이. 문병을 와줬는데 미안하지만 부탁 좀 해도 될까?"

"어? 응."

"화장실에 가고 싶은데, 휠체어에 앉는 것 좀 도와줘."

오사나이는 싫은 기색도 없이 고개를 끄덕이고 병실 구석에 있는 휠체어를 침대 옆으로 가져와주었다. 나도 몸을 움직여 침대 가장자리에 앉았다. 여기서부터가 문제다. 침대에서 휠체어로 옮겨 탈 때가 위험하다. 그 위험성을 눈치챘는지 오사나이가 물었다.

"불 켤까?"

나는 조금 고민했다. 불을 켜는 위험성과 발밑마저 침침한 어둠 속에서 휠체어로 옮겨 타는 위험성, 어느 쪽이 큰지 비교했다.

"……응, 부탁해."

불이 들어오자 나도 오사나이도 눈이 부셔서 실눈을 떴다. 눈은 금세 적응했고 우리는 이동 작업을 시작했다.

"올라탈 때 휠체어가 움직이는 경우가 있으니 조심해."

오사나이가 휠체어 손잡이를 꽉 움켜쥐고 대답했다.

"바퀴 고정, 오케이."

"그럼 간다."

오른쪽 다리에는 체중을 실을 수 없지만 왼쪽 다리는 특별한 문제가 없다. 침대 생활로 근력이 떨어졌다는 점만 잘 기억하면 한 발로 서서 휠체어 의자에 앉는 것은 그리 어렵지 않았다.

"화장실은 어디?"

"여기까지 엘리베이터를 타고 왔지? 그 옆이 화장실이야."

"그럼 알아."

오사나이가 휠체어를 밀면서 병실 문을 열어주었다. 휠체어는 직접 바퀴를 굴릴 수 있도록 고안되었을지도 모르지만 아직 그 사용법은 배우지 못했고, 무엇보다 양쪽 어깨를 벌려 바퀴를 잡으려 하면 갈비뼈가 아팠다. 지금은 오사나이에게 맡기자.

시간 때문인지, 역시 한 해의 마지막 날이라 그런지, 복도는 고요했다. 오사나이는 병실에서 나가 복도 오른쪽으로 휠체어를 밀었다. 몇 개의 병실 앞을 지나 간호 스테이션 앞을 지났다. 간호 스테이션에는 나카타라는 삼십 대 중반쯤 되는 간호사가 있었지만 나와 눈이 마주쳐도 딱히 별말은 하지 않았다. 내가 간호사가 지켜보는 조건으로 휠체어를 사용할 수 있다는 사실을 모르거나, 알아도 화장실 정도는 문제없다고 생각한 것이리라.

이윽고 엘리베이터에 다다랐다. 그 왼쪽 옆이 화장실이다.

"어느 화장실을 써?"

오사나이의 질문은 다목적 화장실과 남자 화장실, 어느 쪽을 쓰느냐는 의미이리라. 지금은 어느 쪽도 아니다.

"아니, 괜찮아."

뒤를 돌아보니 오사나이의 표정에 불만이 서려 있었다. 병실로 돌아가서 설명하려고 했지만 오사나이를 놀렸다고 오해하면 억울하니 짧게 설명했다.

"화장실에 갈 때, 병실을 나가 왼쪽으로 꺾었어."

"왼쪽으로?"

"응. 그리고 복도를 빙글빙글 돌아서 화장실에 와."

이 병동의 복도는 안뜰을 중심으로 'ㅁ' 모양으로 되어 있어서 병실을 나가 오른쪽으로 가든 왼쪽으로 가든 최종적으로 화장실에는 갈 수 있다. 다만 어느 쪽이 가까운가 하면, 오사나이가 지금 무의식적으로 실천한 것처럼 오른쪽으로 가는 게 훨씬 빠르다.

"나는 화장실에 갈 때 멀리 돌아가고 있었어. 내게 수면제를 먹인 이유는 거기에 있을 거야."

오사나이가 고개를 갸웃거렸다.

"모르겠어."

"당연해. 오사나이는 병실에서 나는 소리만 듣고 있었으니까. 그러니까……."

그렇게 말하다가 나는 휑한 복도의 한기와, 주위에서 내 목소리가 얼마나 울리는지를 깨달았다. 밤의 병원 복도는 대화하기에 적합한 장소는 아니다.

"병실에서 얘기하자."

오사나이는 잠자코 끄덕이고 다시 휠체어를 밀었다. 윤활

유가 부족한지, 아니면 원래 그런 건지, 바퀴가 돌아갈 때마다 날카로운 금속음이 조금씩 울렸다. 병실 문은 잠금 장치가 없다. 오사나이는 노크하지 않고 슬라이드 문을 열어 휠체어를 병실 안으로 밀었다. 열린 문이 저절로 닫혔다.

침대 옆에 누가 서 있었다.

탁한 녹색 롱코트를 입고 있다. 발에는 지저분한 운동화를 신었다. 두 손은 뒷짐을 지고 있다. 커다란 마스크가 얼굴 아래 절반을 감추고 있었지만 특징적인 헤어스타일을 보면 방문객이 누군지 바로 알 수 있다. 짧은 머리 간호사다.

휠체어 손잡이를 쥔 오사나이의 긴장감이 느껴졌다. 나는 지극히 우호적인 인사를 했다.

"안녕하세요. 죄송해요, 화장실에 다녀왔어요."

간호사도 유니폼을 입고 있는 것처럼 대답했다.

"그랬나요. 하지만 휠체어를 쓸 때는 간호사를 불러주세요. 호출 버튼을 눌러도 괜찮으니까요."

온건한 대화를 나누는 사이에도 나는 내 실수를 깨달았다. 아까 휠체어에 올라탈 때 안전을 확보하기 위해 병실 전등을 켰다. 문제없을 줄 알았다……. 하지만 문제는 있었다. 그 불빛이 내가 깨어 있다는 사실을 간호사에게 알렸는지도 모른다.

간호사는 벽시계를 보았다. 9시가 넘었다.

"친구인가요? 면회 시간은 끝났으니 죄송하지만 돌아가주세요."

정당하기 그지없는 지시다. 나는 선택의 기로에 섰다. 이대로 오사나이에게 돌아가라고 하고 홀로 새해를 기다려야 할까? 아니면 여기서 승부에 나서야 할까?

넓적다리가 욱신거렸다. 그 통증이 상대에게 시간을 주지 말라고 속삭였다.

침을 삼키고, 나는 말했다.

"죄송합니다. 물, 마시지 않았어요."

아주 잠깐, 간호사의 눈빛이 싸늘해졌다. 일단 시작한 이상 이제 물러설 수 없다.

"하지만 이유가 뭘까요? 어째서 제게 수면제를 먹였죠?"

"수면제?"

간호사가 인내심을 발휘하며 놀라는 척했다.

"무슨 말씀이에요. 고바토 씨, 자, 안정을 취하세요. 모처럼 잘 회복하고 있는데."

"저녁 식사 후에 주신 물을 마시지 않았어요."

"습관이 바뀌면 잠 못 드는 경우도 있어요. 물을 가져다드릴까요?"

"그 물은 페트병에 옮겨 담아서 경찰에 제출해달라고 부탁해놨어요."

거짓말이다. 물은 꽃병 속에 있고 꽃병은 간호사 뒤쪽, 테이블 위에 그대로 있다. 나는 간호사를 똑바로 쳐다보았다. 그러지 않으면 꽃병에 시선이 갈 것 같았으니까.

우리는 병실 문을 등지고 있었고 간호사는 침대 앞에 서 있었다. 침대 머리 쪽에 있는 호출 버튼을 누르면 다른 간호사가 와주겠지만 이 위치에서는 누를 방도가 없다. 아직 심야라고 하기엔 이른 시간이니 만일의 경우 문을 열고 큰 소리로 외치는 게 나을지도 모른다.

간호사가 타이르듯 미소를 지었다.

"……고바토 씨는 크게 다쳐서 흥분한 상태라 차분하게 쉴 필요가 있었어요. 푹 쉬었잖아요? 그만큼 치료 경과도 좋았어요."

"치료 때문에 수면제를 먹였다는 건가요? 선의였다고?"

"당연하지요. 여기는 병원이에요."

아무리 병원이라고 해도 환자에게 설명도 없이 몰래 수면제를 먹이는 게 적절한 치료일 리 없다. 하지만 저렇게 당당하게 나오니 지금 이 자리에서 반박하기는 어려웠다.

그렇다면, 억지로라도 이야기를 끌고 나가자.

"사실 지금 저는 왜 수면제를 먹어야 했는지 이 친구하고 이야기하고 있었어요. 밤에는 제가 계속 자고 있고, 친구는 수험생이라 바빠서 밤에만 시간이 나서, 저희는 오늘까지 만나지도 못했어요. ……아, 죄송해요. 소개할게요. 제가 차에 치였을 때 함께 있던 친구예요."

뜻밖에도 오사나이는 이름을 말했다.

"안녕하세요. 오사나이 유키라고 합니다."

오사나이가 어디까지 내 의도를 알아차렸는지는 모르겠다. 가령 우연이라 해도 이것으로 설명하기 편해졌다.

"오사나이. 이쪽은 내가 평소 도움을 받고 있는 간호사님이셔. 이름은……."

나는 간호사의 눈빛을 관찰하며 말했다.

"이름이, 뭐였죠?"

마스크로 가린 얼굴에 어떤 표정이 떠올랐는지는 모른다. 하지만 마스크 위로 드러나 있는 눈에는 분노가 서려 있었다.

지금이다. 몰아세우자.

"사고 이후에 많은 관계자들이 도와주셨어요. 뇌신경외과 와쿠라 선생님. 정형외과 미야무로 선생님. 물리치료사 마부치 씨. 이 병실을 늘 청소해주는 건 야마사토 씨예요. 각자 이름표에 그렇게 적혀 있었어요. 하지만 저는 당신의 이름을 몰라요."

뭔가가 없다는 것을 깨닫기는 무엇이 있는지 깨닫는 것보다 훨씬 어렵다. 하지만 나는 자신 있게 말할 수 있다. 이 간호사는 평소 이름표를 달고 다니지 않는다.

"다른 관계자 분들은 이름표를 달고 있는데, 간호사만 달지 않는 건 이상하죠?"

간호사의 눈매가 누그러졌다.

"별의별 환자가 다 계시다보니 개중에는 이름표를 보고 간호사의 이름을 외워서 퇴원 후에 스토킹하는 경우도 있어요. 방지 대책으로 간호사는 이름표를 달지 않는답니다."

나는 눈을 동그랗게 떴다.

"그랬군요. 죄송합니다, 착각해서. 어쨌거나…… 다른 간호사를 만날 기회가 없어서."

병실 온도가 내려간 것 같았다.

"당신은 제가 입원한 후로 매일 출근하고 있어요. 적어도 아흐레 연속으로. 배식도, 생활 보조도 전부 도맡아주었죠. 정말 감사드려요. ……하지만 달리 해석할 수도 있어요. 저는 다른 간호사를 볼 기회가 없었어요."

휠체어 사용 허락을 받기 전에는 진찰도 의사 선생님이 병실에 와서 해주었다. 휠체어를 쓸 수 있게 된 후에도 이 간호사가 도와주었기 때문에 역시 다른 간호사를 만날 기회가 없었다.

"간호사도 당연히 수면과 휴식이 필요해요. 추측이지만 당신은 낮에만 근무하고, 야간 근무는 하지 않겠죠? 그래서 당신은 밤이 걱정되었어요. 제가 깨서 호출 버튼을 누르면 이름표를 단 간호사가 오겠죠. 저는 이름표의 존재를 알아채지 못할지도 몰라요. 하지만 눈썰미 좋게 알아차려서 누군가에게 물어볼지도 모르죠. ……그 짧은 머리 간호사의 이름은 뭐냐고."

간호사가 아주 조금 초조한 기색을 드러냈다.

"방금 전에도 말한 것처럼 이 병원에서 간호사는 이름표를 달지 않아요. 약을 드린 건 안정을 취해 하루라도 빨리 낫기를 바랐기 때문이에요."

"마음은 고마워요. 아까 화장실에 다녀왔는데 간호 스테이션에 나카타 씨가 있더군요. 이름표를 보고 알았어요."

그리고 그 간호 스테이션의 존재야말로 아까 오사나이에게 설명하려던 내용이었다.

"……화장실에 갈 때도, 옥상에 갈 때도, 휠체어로 먼 길을 돌아갔죠. 병실에서 나가 오른쪽으로 가면 바로 엘리베이터가 나오는데 일부러 왼쪽으로 갔어요. 물론 간호 스테이션 앞을 지나기 싫었기 때문이죠. 옥상정원 출입을 허락받았을 때도 어떻게든 빨리 병실로 돌아가게 하려고 했죠. 언제 다른 간호사가 환자를 데리고 올지 모르니까."

나는 한 가지 일을 기억해냈다.

"생각해보면 당신에게 가장 위험했던 순간은 입원 직후에 제가 수술을 받을 때였어요. 그때만은 침대에 실려 다른 간호사들에게 에워싸여 있었으니까. 하지만 당신은 단 한마디로 궁지를 빠져나갔어요. 이동할 때는 눈을 감고 있으라는 한마디면 족했죠. 저는 그 말을 따랐어요."

오사나이가 절묘한 타이밍에 거들어주었다.

"하지만 고바토. 간호사가 어째서 이름을 숨기려 했을까? 고바토에게 수면제를 먹여가면서까지 다른 간호사들은 이름표를 달고 있다는 사실을 눈치채지 못하게 한 이유가 뭘까?"

나는 간호사에게서 눈을 떼지 않고 대답했다.

"그건 간호사의 이름을 알면, 나하고 간호사의 관계가 밝혀지니까. 관계가 밝혀지면 간호사가 무슨 짓을 했는지도 알게 되니까."

나는 이 간호사에게 정말 큰 신세를 졌다. 아무리 감사해도 모자라다. 그것은 사실이다.

하지만 그것과 죽음의 공포는, 다른 문제다.

"이 간호사의 인상적인 짧은 머리는 최근에 자른 거야. 물리치료사 마부치 씨는 짧은 머리 간호사를 모르는 눈치였어. 지금 이 사람은 안경을 쓰고 있지만 일할 때는 쓰고 있지 않았어. 물론 단순히 일할 때는 콘택트렌즈를 끼는 것뿐일지도 모르지만, 그렇지 않을지도 몰라. 그럼 가령 헤어스타일이 지금의 반대, 다시 말해 머리가 길고 안경을 쓴 사람을 생각해보면 어떨까? 그런 사람이 내가 입원한 뒤에 스타일을 바꿨다고 한다면? 그건 즉 내가 그 사람의 이름을 알고 있고, 어쩌면 기억해낼지도 모른다는 것을 의미해. 실제로 나는 기억해냈고, 그 이상의 사실도 알고 있어. 이 간호사의 이름은……."

가슴속에는 불안이 있었다. 지금 입으로 말하는 것만큼 높은 개연성을 확보한 것은 아니다. 하지만 승부에 나설 정도로는 자신이 있다.

나는 말했다.

"히사카 에이코죠?"

천사 에이코.

오요 고등학교에서 단 한 사람, 사고를 당했다는 소문이 돌았던 인물이다. 삼 년 전 나는 전단을 붙인 당일에 찾고 있던 인물의 정보를 얻을 수 있다니 지나친 요행이라고 생각하며, 오토바이에 부딪혀 자전거가 망가졌을 뿐이라는 에이코에 대해 깊이 조사하려 하지 않았다.

이 일에서 나는 교훈을 얻어야 한다. 먼저 사람은 거짓말을 한다는 것. 오토바이 때문에 자전거가 망가졌다는 에이코의 주장을 뒷받침하는 증거는 없다. 그리고 믿기 어려운 행운으로 얻은 정보라는 이유로 유의미하지 않을 거라 판단하는 행위는 전혀 논리적이지 못하다는 것을. 첫날 얻은 정보든, 몇백 일 뒤에 얻은 정보든, 같은 조건으로 진위를 따져봐야 한다는 것을.

그리고 나는 또 한 가지 깨달았다. 오요 고등학교에서 우리에게 친절을 베풀어준 선배는 자기를 '장사꾼'이라고 했다가 바로 '상업과'라고 고쳐 말했다. 그렇다면 '천사 에이코'는 무엇을 의미할까?

'간호과'였을 것이다.

간호사는 아무 말도 하지 않았다.

틀렸다면 부정할 것이다. 나는 오히려 그 침묵에 안도하며 말을 이었다.

"다른 이름이었다면 숨길 필요가 없어요. 괜히 다른 이름표로 바꾸는 게 더 위험하죠. 하지만 히사카라는 이름만은 그냥 둘 수 없었을 거예요. 그 이름을 알면 저는 당연히 삼 년

겨울철 한정 봉봉 쇼콜라 사건 (하)

전 사건을 떠올리겠죠. 삼 년 전 인도에서 뺑소니 사고를 당한 피해자가 히사카, 지금 같은 인도에서 뺑소니 사고를 당한 피해자를 담당하는 간호사가 히사카. 제가 이걸 우연이라고 생각할까요?"

나는 살짝 웃었다.

"사실은 제가 뭘 어떻게 생각하든 대세에 큰 영향은 없지만요. 당신에게 정말 중요한 문제는 제가 경찰에 그 이름을 알리는 거겠죠. 히사카라는 이름 때문에 삼 년 전과 이번 뺑소니 사고가 연결되면 안 되었어요. 그래서 당신은 이름을 숨기고, 오요 고등학교에서 단 한 번 저와 눈이 마주쳤을 때와는 완전히 다른 스타일로 머리를 잘라야 했어요. 어째서 그렇게까지 해서 두 사건이 연결되는 것을 꺼렸을까? 말할 필요도 없죠."

숨을 작게 들이쉬었다가 뱉어냈다.

"당신이 저를 쳤기 때문이에요. 아마도 제가 고바토 조고로인 걸 알고, 의도적으로 핸들을 꺾어서 쳤기 때문이에요. 당신이, 살인미수범이기 때문입니다."

간호사가 웃었다.

"잠깐. 내가 히사카 에이코고 당신 물에 약을 넣었다고 쳐. 그렇다고 뺑소니범이 되는 건 아니잖아?"

"그건 경찰이 조사할 일이지만······."

나는 히사카 에이코 씨의 마스크를 보았다. 마스크에 가려진 그 얼굴을, 나는 병상에서 보았다.

"당신은 최근에 햇볕에 그을렸을 거예요. 콧등과 눈 밑이 발갰어요. 처음에는 스키나 스노보드라도 타러 다녀온 줄 알았어요. 하지만 아니었어요. 당신은 연일 출근하느라 놀러갈 여유가 없었어요. 놀러가기는커녕 해가 떠 있는 동안에는 내내 실내에서 일하고 있었죠. 그럼 언제 햇볕에 그을었을까?"

"그런 건 언제든······."

"출근할 때예요. 당신은 제가 뺑소니 사고를 당한 뒤로 햇볕을 쬘 수밖에 없는 방법으로 출근하게 되었어요. 쉽게 말해 사고 직후부터 자동차 통근을 그만두고 자전거나 도보로 출근하게 된 거죠."

"건강을 위해서야. 사고하고는 상관없어. 무엇보다 경찰에 체포되지 않은 게 가장 큰 증거 아니겠어?"

"그건 증거가 아니에요. 단순히 당신 자동차를 발견하지 못해서, 증거가 부족해 체포까지 시간이 걸리는 것 아닌가요? 뭐, 경찰은 방범 카메라를 조사해 당신 차가 찍혀 있지 않다는 걸 확인한 것 같으니, 자동차를 찾아내는 것도 시간문제일 겁니다."

겨울철 한정 봉봉 쇼콜라 사건 (하)

이건 허세였다. 경찰이 히사카 에이코를 주목하고 있는지, 나는 모른다. 하지만 에이코 씨는 동요했고, 악수를 던졌다.

"어째서 카메라에 찍혀 있지 않으면 차를 찾을 수 있는데? 아무 말이나 하네."

삼 년 전 뺑소니 사고에서는 범인의 자동차가 편의점 '나나쓰야마치 점' 방범 카메라에 찍히지 않은 게 큰 문제였다. 강물이 불어서 유일한 탈출구인 하천 변으로는 내려갈 수 없었기 때문이다.

한편, 이번에는 애초에 문제가 존재하지 않는다. '나나쓰야마치 점' 방범 카메라에 찍히지 않았고, 사고 현장으로부터 하류 방향에 있는 이나바 대교 방범 카메라에도 찍히지 않았다면 자동차가 향한 장소는 뻔했다.

"자동차는 하천 변에 있겠죠. 겨울 갈대밭 속에 숨겼을 거예요."

나는 에이코 씨의 눈에서 우월감을 보았다. 틀렸다, 이 녀석은 바보라고 말하고 싶은 눈빛이다. 그렇다면 이거다.

"아니면 강물 속이겠죠."

에이코 씨는 마스크를 쓰고 있어 방심했는지 눈빛으로 너무 여실하게 동요한 기색을 드러냈다.

"이나바 강은 물살이 험해서 조금만 비가 와도 강물이 불어요. 자동차를 강에 빠뜨리고 언젠가 물이 불어나 하류로 떠내려오면 큰비에 휩쓸렸다고 말하면 그만이죠. 체포가 늦어지는 것도 이해가 가요. 강에서 차를 끌어올리는 작업에는 나름대로 준비가 필요할 테니까."

병실에 침묵이 깔렸다.

우리는 움직이지 않았다. 에이코 씨는 반론할 방법을 찾지 못하는 것 같았지만 자기 소행이라고 시인한 것도 아니다. 일단 혐의를 입에 담은 이상 사건의 막을 내리지 않으면 오늘밤은 끝나지 않는다. 사정이 그렇게 되었으니 이다음은 내일 계속, 그렇게 말하고 침대에 누우면 에이코 씨는 내 목을 조르러 올 것이다. 그렇다고 에이코 씨 눈앞에서 휴대전화를 꺼내 경찰을 부를 수도 없다. 에이코 씨가 힘으로 저지하려 든다면 나는 아무것도 못하고, 오사나이도 몸싸움에서는 유리하다고 할 수 없다. 애초에 나는 지금 휴대전화도 가지고 있지 않다.

교착 상태를 깬 것은 웃음기를 머금은 오사나이의 목소리였다.

"이제야 알겠어. 나는 계속 당신이 여기에 뭘 하러 왔는지 고민하고 있었어. 새해 전날인데, 따끈따끈한 고타쓰 안에 들어가서 쉬면 되는데, 왜 사복을 입고 병실에 와 있는지 이상했거든. 하지만 이제 알겠어."

휠체어를 타고 전해져오는 희미한 감촉이 오사나이가 손잡이를 쥐고 있다는 것을 알려주었다. 즉 언제든 나와 함께 달아날 수 있도록 긴장하고 있는 것이다.

"당신은 고바토가 병실에 있는 동안에는 아직 안전하다고 믿을 수 있었어. 그동안에는 고바토가 뺑소니범에 대해 뭔가 기억하고 있는지, 괜한 소리를 하지 않는지 감시할 수 있으니까. 고바토에게 수면제를 먹인 건 다른 간호사의 이름표를 못 보게 하려는 것만은 아니었지? 자기가 없는 곳에서 사건에 대해 누군가에게 무슨 말을 하지나 않을까, 너무너무 두려워서 견딜 수 없었던 거야."

그런가. 에이코 씨가 정체를 숨겨가면서까지 계속 나를 간호했던 것은 단순히 그게 직업이기 때문만은 아니었다. 그렇게 함으로써 누구보다 가까이서 나를 감시할 수 있으니까…… 확실히 그렇게 생각하는 편이 자연스럽다.

오사나이는 차분하게 말을 이었다.

"고바토가 당신 말고 다른 간호사는 만나지 않는 병실에 있기 때문에 당신은 정체를 숨길 수 있었어. 하지만 언젠가 고바토는 나을 거야. 살아 있으니까. 나아서 병실에서 나가게 되면 추리도 추론도 필요 없어. 당신이 이름을 숨겼다는 건 대번에 알게 돼."

"……."

"그리고 당신이 아까 말했지. 고바토는 치료 경과가 좋다
고. 고바토가 점점 좋아질수록 당신은 초조했을 거야. 죄를
떨쳐내고 싶지만 전부 버리고 달아나고 싶지도 않았으니까,
당신이 취할 수 있는 수단은 세 가지뿐이었어."

나였다면 아마 보란 듯이 손가락을 하나씩 꼽았을 것이다.
오사나이는 여전히 휠체어 손잡이를 쥐고 있었다.

"첫 번째는 고바토가 병실에 있는 동안 누군가의 양자가
되거나 결혼해서 상대 성을 따라 이름을 바꾸는 것. 하지만
이건 어렵지. 상대가 있어야 하고, 호적상 성이 바뀌었다고
바로 모두가 실수 없이 새 이름을 불러준다는 보장은 없으니
까. 누가 '히사카 씨. 아, 이제는 히사카 씨가 아니지'라고 말
하면 말짱 헛수고야."

문득 오사나이가 휠체어에서 한 손을 떼는 기척이 느껴졌
다. 이야기는 계속되었다.

"두 번째는 고바토를, 주, 죽이는 것. 하나의 범죄를 감추
기 위해 다른 큰 범죄에 손을 더럽히다니 어리석지만."

처음으로 에이코 씨가 눈에 띄게 동요했다.

"죽이다니."

오사나이의 목소리에 조소가 묻어났다.

"그래, 죽이지 못했어. 몰고 있는 자동차로 칠 수는 있어도, 자기 손과 의지로 고바토를 죽일 수는 없었어. 굉장히 윤리적이라고 누가 칭찬해줄 줄 알았어? 아니야, 당신은 비겁할 뿐이야."

"……."

"그리고 세 번째는 완벽한 안전지대라고는 할 수 없지만 결정적으로 파멸하지도 않는, 소심한 시간 벌기. 고바토가 호전되는 게 문제라면 당신은 문제를 지연시키면 된다고 생각했어."

나는 기억해냈다. 미야무로 선생님은 다음달에는 외출 허락도 받을 수 있을 거라고 했다. 하지만 뭔가 불행한 일이 생겨 내 상처가 악화되면 그 예측은 달라질 것이다.

"약 때문에 잠들어 있는 고바토의 넓적다리를 살짝 손봐주기만 하면 그만. 그것만으로도 고바토는 다시 병실에서 나가지 못하게 돼. 당신은 당장 결단을 내릴 필요 없이 편안하게 지켜볼 수 있어. 적어도 연속 출근을 환영해주는 연말연시 동안에는 계속 고바토를 감시할 수 있어. ……히사카 씨. 어째서 손을 감추고 있는 거야?"

마스크 아래에서 에이코 씨가 깊은 한숨을 쉬었다.

그 손에는, 자그마한 쇠망치가 들려 있었다.

혐오감을 산 적은 있다. 나는 아무하고나 이유 없이 친해질 수 있는 타입이 아니다.

적대감을 산 적도 있다. 적극적으로 원한을 사려 들지는 않았지만, 결과적으로 원한을 사게 된다면 살아가는 이상 어느 정도는 감수할 수밖에 없다.

하지만 악의를 경험하기는 처음이었다. 이걸로 너를 해치겠다는 흉기를 눈앞에서 본 것은 처음이었다.

굉장히 작은 쇠망치였다. 무슨 의료 기구일까? 아니, 설마, 간호사이기 때문에 의료 기구를 흉기로 쓴다고 생각하는 건 논리적이지 않다. 하지만 아무리 작아도…… 저걸로 맞으면 조금 아픈 정도로 끝나지는 않을 것이다.

나는 피식 웃었다. 순수하게 백 퍼센트 허세였지만, 그것으로 조금 여유를 되찾았다. 오사나이는 적의를 품은 상대에게 납치당한 적도 있다. 훨씬 더 무서웠을 것이다. 게다가…… 나를 덮친 자동차에 비하면 저런 게 뭐가 무섭단 말이냐!

오사나이의 도발에 휩쓸려 에이코 씨는 흉기를 꺼내고 말았다. 이것으로 더이상 치료의 일환이라느니 하는 변명은 통하지 않는다. 궁지에 몰린 건 상대방이다.

다시 말해 자포자기해 달려들 가능성이 있다는 뜻이다.

에이코 씨가 팔을 움직여 쇠망치를 들어올렸다. 어쩌면 흉기를 버리고 항복하지 않을까 기대했지만 그럴 생각은 없는 것 같았다. 공포는 일시적으로 떨쳐냈지만 그렇다고 승산이 보이는 건 아니었구나. 머릿속 어딘가가 냉정한 판단을 내렸다. 그 순간, 오사나이가 뭔가를 뿌렸다.

에이코 씨가 "앗!" 하고 외쳤다. 나는 재채기를 하다가 갈비뼈가 아파서 가슴을 부여잡았다. 눈이 따갑다. 대체 이게 뭐야…… 고춧가루인지 후춧가루인지, 그런 느낌의 무언가다. 오사나이가 휠체어를 잡아끌어 문을 열고 병실을 빠져나갔다. 드르륵 소리를 내며 휠체어를 오른쪽으로 몰았다.

간호 스테이션에 있던 나카타 씨가 눈을 부라렸지만 그래도 고함을 지르지는 않고 날카롭게 말했다.

"복도에서 뛰지 마세요!"

오사나이는 바쁜 것 같아 내가 되받아쳤다.

"경찰을 불러주세요!"

복도 끝은 엘리베이터다. 그리고 때마침 엘리베이터 문이 열렸다. 오사나이는 휠체어를 미는 속도를 줄였다. 안에서 의사가 내렸고 우리는 엘리베이터에 올라탔다.

엘리베이터에는 아직 간호사가 한 명 타고 있었다. 의아한 시선으로 우리를 쳐다보았지만 별다른 말은 하지 않았다. 뒤를 돌아보니 쫓아오는 에이코 씨가 보였다. 엘리베이터 문이 닫히고 진동이 느껴졌다.

나는 혀를 찰 뻔했다. 엘리베이터는 위로 올라갔다. 한 층 위인 5층이 최상층이다. 아래로 달아나면 어디로든 갈 수 있었는데, 위로 가면 궁지에 몰린다.

엘리베이터는 바로 5층에 도착했고 간호사가 내렸다. 오사나이가 물었다.

"내려갈래?"

에이코 씨는 분명 엘리베이터 버튼을 눌렀을 것이다. 이대로 타고 있으면 4층에서 문이 열리고 에이코 씨와 맞닥뜨리겠지. 여기서 내리는 수밖에 없다. 순간 엘리베이터 문이 닫히지 않도록 뭐라도 끼워놓는 건 어떨지 말해보려 했지만 그만두었다. 다른 장소라면 몰라도 여기는 병원이다. 엘리베이터가 움직이지 않으면 누군가의 목숨이 위험에 빠질지도 모른다.

뭐, 지금 실제로 목숨이 위험한 건 우리지만.

5층은 어두침침했다. 오사나이는 재빨리 좌우를 살폈다. 학교처럼 복도에서도 잘 보이도록 방마다 푯말이 걸려 있지는 않아서 어느 문이 어느 방으로 연결되어 있는지 모르겠다.

오사나이는 엘리베이터 맞은편, 자동문으로 향했다. 잠겨 있을 줄 알았는데 뜻밖에도 문이 열렸다.

문 너머는 방풍실이었고 문 하나를 더 열자 옥상정원이 나왔다.

오늘밤 추위는 그렇게 심하지 않다. 바람도 없고, 밤하늘은 거리의 불빛을 반사해 아련하게 밝았다. 어째서 문이 열려 있나 했더니 정원에는 먼저 온 사람이 있었다. '하타케'라는 이름표를 단 간호사가 목발을 짚은 고령 환자 곁에 있었다. 하타케 씨가 우리를 보고 말했다.

"곧 문을 잠글 거예요."

여기는 허락된 시간 외에도 간호사가 함께 있으면 출입할 수 있는 곳이다. 나는 웃어 보였다.

"히사카 씨가 곧 올라올 거예요."

하타케 씨는 딱히 의심하는 기색도 없이 고개를 끄덕이더니 곁에 있는 환자에게 말했다.

"자, 슬슬 돌아가시죠. 쌀쌀하니까요."

목발 환자와 하타케 씨는 정원에서 나갔고, 하늘 아래에는 나와 오사나이만 남았다. 무슨 말이라도 하려고 고개를 돌려보니 오사나이가 재빨리 손가락을 움직여 휴대전화를 조작하고 있었다. 나는 병실 담요를 가져올 걸 그랬다고 후회하기 시작했다. 바람이 없어도 밤은 춥다.

용건을 마쳤는지 오사나이가 살짝 한숨을 쉬었다. 물어보
았다.

"어쩔 거야?"

"어쩔까?"

"일단 오사나이도 경찰에 연락해줄래? 간호 스테이션에
있던 간호사가 정말 연락했는지 알 길이 없으니까."

오사나이는 고개를 끄덕였다. 다시 휴대전화를 조작하고
귀에 대더니, 조금 더 절박한 분위기를 연출하는 게 낫지 않
나 싶을 정도로 차분한 목소리로 설명하기 시작했다.

"여보세요. 기라 시민 병원에서 마스크를 쓰고 쇠망치를
든 여자에게 쫓기고 있어요. 여기는…… 고바토, 여기 몇 층
이야?"

"5층."

"5층에 있는……."

"옥상정원."

"옥상정원에 있어요. ……오사나이 유키라고 합니다. 오,
사, 나, 이, 유, 키. 맞아요. 휠체어 탄 환자하고 함께 있어요.
……모르겠어요. 아니, 알아요."

우리 눈앞에서 건물 안으로 이어지는 문이 열렸다. 에이코

씨가 쇠망치를 든 손을 늘어뜨리고 다가왔다. 오사나이가 말했다.

"지금 왔어요."

그리고 전화를 끊었다.

자. 이제 달아날 곳은 없다.

에이코 씨에게 들리지 않도록 작은 목소리로 오사나이에게 물었다.

"뭐 없어? 해머라든가."

오사나이가 불만스러운 목소리로 대답했다.

"어째서 내가 해머를 들고 다닐 거라고 생각하는 거야?"

그냥······.

에이코 씨는 어딘가 황망한 표정으로 손에 든 쇠망치를 바라보고 있었다. 대체 이제 어쩌면 좋을지 모르겠다······ 그런 마음의 소리가 들려오는 것만 같았다.

목에 따스한 감촉이 느껴졌다. 오사나이의 목도리다. 얇은 환자복 한 벌만 걸친 내게 목도리를 빌려준 오사나이는 다운 코트 후드를 뒤집어쓰고 속삭였다.

"시간을 벌어. 말을 걸어."

일반적으로 경찰 출동 속도는 빠르다고들 한다. 평균 도착 시간이 몇 분 정도였더라? 하지만 아무리 빨라도 일이 분 만에 경찰이 도착할 것 같지는 않다. 에이코 씨가 일단 고바토 저 녀석만이라도 해치워야겠다고 생각하기 전에 발목을 붙들 필요는 있다.

사실 간호사의 이름이 히사카라는 사실을 안 순간부터 나는 꼭 물어보고 싶은 게 있었다. 히사카 쇼타로를 알고 있는지. 안다면 지금 잘 지내는지. 자살을 시도했다는 소문은 거짓말인지. 하지만 유감스럽게도 지금은 질문하기에 적절한 타이밍이라고 하기 어려웠다.

나는 입을 열었다.

"당신은 인도를 걷고 있던 게 저라는 걸 인식하고 차로 쳤나요?"

에이코 씨가 정신을 차린 듯 대답했다.

"당연하지. 그날은 눈 때문에 다들 천천히 달렸어. 안 그랬으면 길 가는 사람 얼굴은 알아보지도 못했어."

마치 다가올 사정 청취의 예행연습처럼 에이코 씨는 천천히 말했다.

"네 얼굴은 잊을 수 없어. 너라는 걸 알았을 때 당장이라도 차로 치려고 했어. 하지만 나는 직업도 있고, 너에 대한 원한 때문에 전부 물거품으로 만들 수는 없다고 생각하고 바로 이성을 찾았어. 하지만 너는 옆에 여자애를 데리고, 고민 하나

없는 표정으로, 마치 차로 쳐달라는 듯이 차도 가까이서 웃고 있었어! 그러니까 내가 친 게 아니라, 네가 치게 만들었다고 생각하지 않아?"

그날 내가 차도 바로 옆을 걸었던 이유는 제설한 눈이 쌓여 있어 인도가 좁았기 때문이다. 그래도 길 가장자리 구역을 나타내는 흰색 선을 넘지는 않았다. ……그런 반론은 가슴속에 묻어두었다. 다만 에이코 씨는 나만 알아보았고 오사나이는 기억하지 못하는 것 같았다. 내가 혼자 행동했던 타이밍…… 에이코 씨는 내가 히사카 가즈토라를 이나바 강 호텔에서 만난 그날, 그 장소에 있었던 걸까? 이 녀석 얼굴만큼은 잊지 않겠다고 내 얼굴을 훔쳐보고 있었던 걸까?

그리고, 그런가. 눈 쌓인 그날, 제방도로 위에서, 나는 웃고 있었나.

마른 입술을 축이며 시간을 벌었다.

"내가 들은 '이건 죗값이야'라는 목소리는, 당신이 한 말이었군요."

에이코 씨가 눈을 번쩍 떴다.

"그런 소리를 들었어?"

"……네."

마스크에 가려 알 수는 없지만 에이코 씨는 아마 입을 크게 벌리고 웃은 것 같았다. 어딘가 히스테릭한 웃음소리가 밤하늘로 사라졌다.

"난 그런 말 안 했어. 그렇게 고상하게는 말이야. 다음 날 출근해서 내가 너를 담당한다는 사실을 알았을 때는 놀랐지. 최악의 우연이다 싶었지만 고통스러워하는 너를 보는 건 기분 최고였어. 잠든 너를 보면서 내가 한 말은 '꼴좋다'였어."

나는 추위도 잊고 질문했다.

"내가 무슨 짓을 했는데? 무슨 짓을 했기에 살해당할 만하다는 거야?"

"그걸 모른다는 걸 제일 용서할 수 없어."

"당신은…… 에이코 씨는, 히사카 쇼타로의 가족이지?"

"감히 쇼타로 이름을 입에 담지 마!"

에이코 씨가 쇠망치를 휘둘렀다. 바람을 휙 가르는 소리가 들렸다. 에이코 씨는 마스크를 벗어던지고 일그러진 얼굴로 쏘아붙였다.

"너는 모르지? 당연하잖아, 사람은 누구나 사정이 있어. 그건 남한테 가볍게 얘기하는 게 아니야. 보통 사람은 그걸 알고 남의 사정을 들쑤시지 않으려고 조심해. 하지만 너는 아무것도 모르면서 다 안다는 얼굴로 우리 부탁을 짓밟았어. 아아, 네가 왜 살아 있는 거야? 더 확실히 쳤어야 했는데!"

머릿속에 목소리가 되살아났다.

'마음만으로 충분해. 아무것도 하지 마.'

'의욕을 불태우고 있었어. 자기 마지막 대회라고 했지.'

'1학년 때는 지금보다 잘 웃었던 것 같아.'

'히사카네 아버지는 본 적이 없어.'

'봄 대회에 갈 때, 그 녀석은 그 부적을 뗐어.'

'그 사람이 선배 여동생인 줄 알았거든요.'

'그 녀석에 대해서는 아무에게도 말하지 말라고, 경찰에도 말하지 말라고 해서.'

'그거 혹시 천사 에이코 아냐?'

'물론 아들에게도 물었지. 그렇지만 네 이야기도 듣고 싶은 거야.'

'좋지도 나쁘지도 않은 상태야.'

'체육 특별 전형도 노려볼 수 있었어. 하지만 그것도 날아갔어.'

'그런 일을 당했는데 살아 있는 것만으로도 충분했어.'

'마치 자기가 무슨 짓을 했는지 모르는 것 같잖아?'

'야.'

'너.'

'성가셔.'

아아. 그런 거였을까. 내가 한 짓은, 그런 거였나.

쭈뼛쭈뼛 물어보았다.

"혹시 히사카는 가족하고 사이가 나빴나요?"

싸늘한 바람이 한 자락 휘몰아쳤다. 어쩌면 착각이었을지
도 모른다.

에이코 씨가 쇠망치를 툭 늘어뜨리고 대답했다.

"아니야."

목소리가 끊기자 정원은 귀가 따가울 정도로 고요했다.

"아니야. 우리 가족은 사이가 좋았어. 학교에서 부모가 최
악이라거나 죽었으면 좋겠다고 말하는 녀석들이 나는 신기했
어. 우리 가족은 사이가 좋았으니까. 그야 야단맞는 일도 있
었지만 그만한 이유가 있었는걸. 쇼타로하고도 사이가 좋았
어. 시스터 콤플렉스나 브라더 콤플렉스 같은 게 아니라 그냥
평범하게. 존중이나 경애심 말이야. 알아들어?"

하지만 무슨 일이 있었다.

히사카에게 중학교 3학년 여름 대회는 '마지막 대회'였다.
그런 한편으로 히사카는 대회 성적에 따라서는 운동 특별 전
형으로 진학할 수 있었다. 히사카가 '내 마지막 대회'라고
말했다는 것은 우시오에게 들은 이야기일 뿐이다. 실제로는

겨울철 한정 봉봉 쇼콜라 사건 (하)

이렇게 말했던 것은 아닐까? '히사카 쇼타로'의 마지막 대회라고.

"너 같은 어린애는 모를 테지만."

에이코 씨의 시선은 내가 아니라 자기 발밑을 향하고 있었다.

"살다보면 기복이 있어. 좋을 때도 있지만 나쁠 때도 있어. 나쁜 순간은 어쩔 수 없이 찾아와. 그것만 보고 단순히 사이가 안 좋았다고 할 수는 없어. 나쁜 시기는 바로잡으면 돼. 나중에 그때는 힘들었지, 하고 웃으며 이야기하면 되는 거야."

이나바 강 호텔에서 만났던 히사카 가즈토라 씨는 히사카 쇼타로가 언제 퇴원했는지 몰랐다. 삼 년 전 나는 그 이유를, 가즈토라 씨가 히사카의 아버지를 사칭한 가짜이기 때문이라고 생각했다. 아버지라면 아들의 퇴원을 모를 리 없으니까.

지금이라면 그렇게 생각하지 않을 텐데.

아들의 퇴원 소식도 모르는 아버지라고 생각할 텐데.

우시오는 중학교 1학년 때의 히사카가 말수는 적어도 잘 웃는 녀석이라고 말해주었다. 그랬는데 2학년 가을쯤 변했다고. 우시오는 3학년이 은퇴하고 선배로서의 책임을 맡게 되어 그런 것 같다고 했지만 아무리 중학생이라도 학교 안에서

만 사는 것은 아니다. 그 무렵 히사카의 가정은 '나쁜 시기'였던 게 아니었을까?

나는 삼 년 전을 떠올리며 말했다.

"히사카는 봄 대회 전에 테니스 가방에 달고 다니던 부적을 뗐다고 들었어요. 대회에는 그 부적을 보이기 싫은 사람이 있었을 거예요."

"이세신궁 부적 말이지? 수학여행 선물로 내가 준 거야. 이기면 고등학교에 특별 전형으로 들어갈 수 있다고 했으니까. 그래, 떼어냈구나, 너무하네. 하지만 심정은 이해해."

히사카가 대회에 나갈 때, 곁에서 챙기는 것은 어머니의 역할이었다고 했다.

이제야, 겨우 알았다.

눈앞의 간호사는 히사카 에이코다. 즉 히사카라는 성을 쓰고 있다.

히사카 쇼타로는 여름 대회가 끝나면 성이 바뀔 예정이었다. 어쩌면 이미 바뀌었는데, 학교 측 배려로 옛날 성을 계속 썼다……. 그런 배려는 드물지 않다.

히사카 가즈토라 씨는 삼 년 전 사고 때 쇼타로와 함께 살고 있지 않았다.

쇼타로는 에이코 씨에게 받은 부적을, 어머니가 보지 못하

겨울철 한정 봉봉 쇼콜라 사건 (하)

도록 가방에서 뗐다.

그리고 그 사고 후 쇼타로는 에이코 씨를 현장에서 떠나보내고, 에이코 씨를 본 목격자인 후지데라를 입막음했다.

분명 히사카가 가족과 사이가 나쁘다고 생각한 내 판단은 틀렸다. 사이가 나쁘다니 엉뚱한 오해였다.

나는 수수께끼를 풀고 싶고, 내 지혜를 과시하지 않고는 못 배긴다. 하지만 지금만은 그 빌어먹을 천성 때문이 아니라 경찰이 도착할 때까지 시간을 벌기 위해 하고 싶지 않은 말을 할 수밖에 없었다.

"당신 부모님은 서로를 증오했던 거군요. 그리고 아버지를 따라간 당신과, 어머니를 따라간 쇼타로가 만나는 것도 두 분은 용서하지 않은 거예요."

내 입을 막으려는 듯이, 혹은 그렇게 하면 사실이 바뀌리라 믿기라도 하는 듯 에이코 씨가 소리쳤다.

"아니야! 그저 잠깐 일시적으로 나쁜 시기였던 것뿐이야!"

에이코 씨가 휘두르는 쇠망치가 부웅 소리를 냈다.

"나쁜 시기는 바로잡을 수 있어! 그래서 우리는 의논했어. 어떻게 하면 아빠하고 엄마를 화해하게 만들 수 있을지, 어떻게 하면 다시 함께 살 수 있을지, 어떻게 하면 우리가 가장 행복했던 시절이 돌아올지, 몰래 의논했어. 그런데 네가, 네가! 우리가 만난다는 걸 알아냈지! 그걸 전단에 써서 학교 앞에 붙였어! 소문이 돌았어. 아빠가 알아차렸어. 그렇게 전부 끝났어, 전부! 우리는 다시는 만날 수 없었어! 우리 가족을 바로잡을 수 있는, 단 한 번의 기회였는데!"

에이코 씨가 쇠망치를 움켜쥔 채로 머리카락을 쥐어뜯었다.

"내가 있었다면. 내가 곁에 있었다면. 우리 가족이 원래대로 돌아갔다면 쇼타로는 그런 짓을 하지 않았을 거야. 내가 그렇게 두지 않았어! 네 탓이야. 네가 쓸데없는 짓을 해서, 쇼타로가 가장 힘들 때 나는 그 애 곁에 있을 수 없었어. 쇼타로는, 너 때문에 뛰어내린 거야!"

머리에서 핏기가 가시는 것 같았다. 그 말만은 듣고 싶지 않았다. ……나 때문에 히사카가 뛰어내렸다니!

거짓말이다. 에이코 씨가 하는 말은 분명 거짓말이다. 정신 차리자. 반박해야 한다. 오사나이까지 휘말렸는데 여기서 마음이 약해지면…… 정말 둘 다 살해당한다.

에이코 씨가 쇠망치를 내게 들이밀었다.

"나는 달아날 수 없어. 전과가 붙겠지. 애써 개척한 인생도 전부 물거품이 됐어. 너 때문이야. 고바토 조고로. 죽여버릴 거야."

말문이 막혀버린 내 시야를 크림색이 가득 채웠다. 오사나이가 나와 에이코 씨 사이를 가로막고 있었다.

"엉뚱한 화풀이네."

"……넌 뭐야?"

"당신은 자기한테 고바토를 차로 칠 이유가 있었다고 외치고 있어. 그래, 그렇구나. ……그럼 나는? 당신은 나도 치려고 했지. 고바토가 구해주지 않았다면 당신은 나도 쳤을 거야. 이유 없는 상대도 겸사겸사 치다니, 그냥 살인자잖아?"

히사카의 뺑소니 사건은 나 혼자 추적했던 게 아니라 오사나이도 함께했으니 에이코 씨가 볼 때 우리는 똑같은 죄인이다. 그런데 오사나이는 지금 무관한 피해자를 가장하고 있다. 나는 그 이유를 안다. 그러는 편이 에이코 씨를 동요하게 만들 수 있으니까. 시간을 벌 수 있으니까.

에이코 씨는 비명에 가까운 소리를 질렀다.

"……아니야! 네가 그 남자하고 함께 있었으니까! 원망하려면 그 녀석을 원망해!"

"사양할게. 나를 치려고 했던 건 고바토가 아니야."

"그럼 너도 죽일 거야."

"안됐지만 못 죽일 거야. 시간이 다 됐어. 옥상정원 문 저편에 누가 있는지 당신은 분명 모를걸."

에이코 씨가 비웃었다.

"경찰이 왔겠지? 알아. 상관없어."

오사나이는 긴장하지도 않고 담담하게 말했다.

"아직 경찰이 도착하지 않았다는 건 조금만 생각해봐도 알잖아. 사이렌 소리가 들리지 않으니까. 틀렸어, 히사카 에이코 씨. 당신 뒤에 있는 건 다른 사람이야. 거기! 이제 나와도 돼!"

오사나이가 내 휠체어 옆으로 이동했다.

옥상정원 입구에, 목발을 짚은 히사카 쇼타로가 있었다.

근육이 긴장되어 뼈가 욱신거렸다.

히사카. 살아 있다.

그 순간, 나는 내가 느끼는 감정이 무엇인지 이해할 수 없었다.

발밑에 쇠망치를 떨어뜨린 에이코 씨가 울먹거리는 목소리로 외쳤다.

"어째서!"

쇼타로는 삼 년 전에 비해 수척했다. 목발이 내는 메마른 소리와 함께, 쇼타로는 에이코 씨에게 다가갔다.

"누나, 심정은 이해하지만."

그렇게 삼 년 전보다 조금 나직해진 목소리로 쇼타로가 말했다.

"그 심정은 정말 이해하지만, 그만둬. 고바토가 잘못한 게 아니야. 저 녀석은 그저 나를 치고 달아난 자동차를 찾았던 것뿐이야."

에이코 씨는 비틀거리다가 아무것도 없는 대형 화단에 몸을 기댔다.

아아, 그런가.

에이코 씨는 동생에게 들킨 것이다. 자기가 사람을 죽이려 했다는 사실을. 한 번 더 함께 살기를 바랐던 동생에게, 자신이 살의를 품고 사람을 차로 쳤다는 사실을 들키고 만 것이다.

에이코 씨의 목소리는 떨리다 못해 거의 사라져버릴 것 같았다.

"하지만 쇼타로."

"내가 멍청한 짓을 한 건 누나 탓이 아니야. 물론 원래대로 함께 살았다면 결과도 달랐을지 모르지만, 그런 말을 해도 소용없잖아. 만약 누군가 잘못했다고 해도…… 고바토는 아니야. 저 녀석 탓이 아니야."

"하지만!"

쇼타로가 살짝 다리를 끌며 에이코 씨에게 다가가 가만히 손을 어루만졌다.

"차에 치이는 건, 정말, 정말로 너무 무서워. 나는 고바토가 그런 공포를 겪는 것은 원하지도 않았어."

"아아⋯⋯."

하필 동생이 고통받은 이유와 똑같은 방법으로 타인에게 상처를 입혔다는 사실을, 에이코 씨는 아마도 이 세상에서 가장 들키고 싶지 않은 사람에게 들키고 말았다. 쇼타로가 말했다.

"솔직히⋯⋯ 난, 누나가 그런 짓을 하길 바라지 않았어."

에이코 씨가 털썩 주저앉았다.

바람이 불어오기 시작했다. 오열을 지워버리는 바람이었다.

사이렌 소리가 들려왔다.

히사카 에이코 씨는 조사를 위해 연행되었다.

나도 오사나이도, 히사카 쇼타로도 일단 상황 설명을 요구받기는 했지만 예상과 달리 경찰서에 동행해달라는 말은 듣지 않았다. 나중에 몇 가지 물어볼 수 있으니 어디 있는지 알 수 있도록 시외로 나가지 말라는 말뿐이었다.

소등 시간이 지나 어둑한 병원 로비에서 나는 히사카를 마주했다. 나는 휠체어에 앉아서, 히사카는 목발을 짚고. 히사카의 목발은 예리한 광택이 있는 나무 소재였다.

히사카가 슬그머니 웃었다. 눈에 익은, 조금 미안한 표정의 웃음이었다.

"오랜만이네."

나는 할 말을 찾지 못했다. 간신히 이렇게 말했을 뿐이다.

"오랜만이야. 만날 줄 몰랐어. 여기엔 어떻게?"

히사카가 주위를 두리번거렸다.

"어라, 오사나이는?"

나는 고개를 저었다. 오사나이가 갑자기 사라지는 것은 흔한 일이다.

"뭐, 상관없어. 어제 오사나이한테 사정을 들었어. 얼굴은 알고 있었지만 이야기해본 적은 없어서 갑자기 찾아왔을 때는 놀랐어. 네가 차에 치였다는 것도, 내 생각으로 이래저래 고민하고 있다는 것도 이야기해줬어. 그리고 고바토를 만나달라고 했어."

"……그래서 새해 전날에 와줬구나."

"달리 할 일도 없었고. 버스를 갈아타느라 애를 먹어서 겨우 도착해 메시지를 보냈더니 옥상정원으로 와달라는 답장이 와서 놀랐어. 설마…… 설마. 이런 일이 벌어질 줄은."

옥상정원에 들어왔을 때, 오사나이가 휴대전화를 만지작

거렸던 것은 알고 있었다. 그때 히사카를 불렀던 건가.

히사카가 와주지 않았다면 에이코 씨를 막지 못했을지도 모른다.

"고마워. 덕분에 살았어."

"감사 인사를 받는 건 이상한데. 누나가 끔찍한 짓을 했어. 어떻게 사과해야 할지 모르겠다."

"사과라니. 삼 년 전에 나는 아무 사정도 모르고 멋대로 굴었는데."

히사카가 머리를 긁적거렸다.

"나도 중학생 때는 말이 지나쳤어. 계속 마음에 걸렸어. 내가 사실을 숨겼던 건데, 어째서 그렇게까지 말했을까 하고."

"당연한 일이야."

스스로도 놀랄 정도로 큰 소리가 나왔다.

"그런 말을 들어도 싸."

히사카는 깜짝 놀란 듯 눈을 휘둥그레 뜨더니 살짝 그늘진 웃음을 지었다.

"나는 줄곧 고민했어. 내가 너를 때린 후에, 너는 어째서 그렇게 상처받은 표정을 지었을까 하고. 나는 고바토 너를, 재미있어 보이는 사건을 발견하면 드라마처럼 여기저기 조사하고 다니는 걸로도 모자라 반쯤 재미 삼아 남의 비밀에 참견하는 녀석이라고 생각했으니까."

정확하다, 하나도 틀리지 않았다. 하지만 히사카는 말을 이었다.

"그렇게 경박한 녀석이었다면 내가 때려도 그런 표정은 안 지었을 거야. 믿어주지 않을지도 모르지만 나, 사람을 때린 건 그게 처음이자 마지막이라 많은 생각이 들었어. 그랬더니 나중에 우시오가 그러는 거야. 너, 내 치료비를 걱정해줬다면서?"

……뭐, 그런 말도 했다. 범인을 알아내지 못하면 히사카는 배상금도 받지 못한다. 치료비는 가족들이 내야 할 테고, 대회에 나가지 못한 것도, 특별 전형으로 입학하지 못하게 된 것도 보상받지 못한다고.

"그래서 생각했어. 그 순간만 대충 모면하려는 사람이 내 치료비 얘기를 꺼낼 리가 없어. 너는 정말 나를 걱정해서, 힘이 되어주려 했던 거야."

그거다.

그것이 바로 내가 삼 년 전 저지른 가장 큰 우행이다.

"나는 있지."

목소리가 조금 떨렸다.

"나는 정말 바보였어. 뺑소니범을 알아내면 칭찬을 받을 거라고, 인정을 받을 거라고 생각했어. 게다가 너도 배상금을 받을 수 있고, 가족들의 부담도 가벼워질 거라고. 히사카를 도와줄 수 있다고, 분명, 분명 히사카도 기뻐할 거라고…… 진심으로 그렇게 믿었어."

그것을 선의라고 부르는 건 틀린 말은 아니다. 다만 부담스러운, 상대가 원하지 않는, 자기만족의 선의다. 결과적으로 사건의 진상을 밝혀내면 분명 기뻐해줄 것이다, 중간에 어떤 사실이 튀어나오더라도. 나는 그런 식으로 생각했고, 그 생각은 잘못됐다.

삼 년 전 방과 후, 히사카에게 맥없는 따귀를 맞은 뒤에 나는 상상도 해본 적 없는 충격을 받았다. 그 이유를 고민하고 또 고민하다가 깨달았다. 기뻐해줄 줄 알았던 장면에서 거부에 직면한 것에 현기증을 느꼈던 것이다. 마치 애써 고른 생일 선물을 친구가 내팽개친 것처럼, 할아버지와 할머니를 그려서 보여주었더니 '참 못 그렸다. 필요 없어'라는 말을 들은 것처럼, 호의를 받아주지 않아 서운했다는 것을 깨달았다.

어리석었다.

어리석다는 말밖에 할 수가 없다. 그것을 호의로 보는 건 혼자만의 생각이고, 상대가 그것을 받아들여줄 이유는 하나도 없다. 하물며 마음속을 엉망으로 헤집어놓고 호의의 발로 이니 용서해줄 거라고 믿고 있었다니.

나는 내 안일한 생각에 진저리를 쳤다. 지금도, 여전히.

히사카가 말했다.

"그때 나는 고맙다고 말하지 못했어. 지금도 못하겠어. 하지만 이 말만은 할게. 고바토…… 때려서 미안했어."

나는 네게 사과를 받을 자격이 없어. 다만 줄곧 하고 싶어도 하지 못했던 말을, 겨우 할 수 있는 때가 왔다는 것만은 알았다.

"나야말로 잘못했어. 미안."

히사카는 몹시 가볍게 받아주었다.

"됐어. 그런데 혹시 용서해주지 않는 게 나아? 잘 모르겠다, 난 그렇게 눈치가 빠른 편이 아니라서."

나는 살짝 웃었다. 적절하지 않을지도 모르지만, 지금이라면 계속 품고 있던 생각을 털어놓아도 될 것 같았다.

"히사카. 살아 있어서 다행이야. 소문을 듣고 내 탓이 아닐까, 계속 생각했어."

히사카는 쓸쓸한 미소를 머금고 고개를 숙였다.

"그야 어떤 의미에서는 네 탓일지도 모르지. 어떤 의미로는 누나 탓이기도 하고. 우시오도, 후지데라도, 조금씩 얽혀 있어. 하지만 내가 자살하려 했던 건 다른 누구 때문이 아니라, 내가 그렇게 생각했기 때문이야. 실패했지만."

그리고 히사카는 내 표정을 훔쳐보았다.

"이유가 궁금하다는 표정이네."

그건 오해다. 나는 고개를 저었다.

"이제 됐어. 살아 있어서 다행이야, 그뿐이야. 하지만 만약 뭔가 힘이 될 수 있다면 말해줘. 말해서 마음이 가벼워진다면 들려줘."

히사카는 어깨를 쓱 움츠렸다.

"뭐, 한 가지만 말한다면 인간관계 문제야. 네 탓은 아니지만, 이번에는 가족 중에 범죄자가 나와서 고민거리가 두 배로 늘었어. 혼자서는 살아갈 수 없다니 참 답답한 노릇이야. 빨리 어른이 되고 싶다고 생각한 적 없어, 고바토?"

글쎄.

멀쩡한 인간이 되고 싶다고 바란 적은, 있었던 것 같다.

어두운 복도 저편에서 "나카타"라고 적힌 이름표를 단 간호사가 다가왔다. 반사적으로 벽시계를 보니 벌써 11시가 훨씬 넘었다. 히사카도 시계를 보고 "아차"라고 중얼거렸다.

"버스 끊겼다."

"경찰차로 데려다달라고 했으면 좋았을걸."

"그러게. 뭐, 어떻게든 되겠지."

히사카는 목발을 짚고 출구로 향했다.

"그럼, 고바토. 새해 복 많이 받아라. 만나서 반가웠어."

나는 그 뒷모습을 향해 손을 흔들었다.

"잘 가, 히사카. 새해 복 많이 받아. ……만나서 반가웠어."

히사카는 뒤돌아보지 않았다.

종장

소시민은 하늘을 날지 않는다

어두운 병실로 돌아왔다.

히사카 에이코 씨가 떠났으니 내일부터 누가 올까? 결과적으로 이 병원 간호사가 체포되는 계기를 만들고 말았으니 내일부터 치료를 받을 수나 있을까? 그나저나 피곤하다. 옥상 정원은 추웠고, 추위는 체력을 앗아갔다.

침대 앞에 선 나는 혀를 찰 뻔했다. 휠체어에서 침대로 돌아갈 수 없다. 아까 병실 앞까지 바래다준 나카타 씨에게 무심코 혼자서도 괜찮다고 말하고 말았다. 막 업무로 돌아갔을 텐데 미안하지만 호출 버튼을 누르는 수밖에 없나. ……그런 생각을 하고 있는데 사람 목소리가 들렸다.

"어서 와, 고바토."

오사나이가 침대에 앉아 있었다. 나도 모르게 소리를 질렀다.

"이제 곧 12시야!"

"괜찮아. 집에는 경찰이 돌봐줄 거라고 말해뒀으니까."

그런 식으로 말하면 오히려 걱정하지 않을까……

나는 목도리를 풀어 오사나이에게 돌려주었다.

"고마워. 덕분에 살았어. 이게 없었다면 절대 못 버텼을 거야."

"천만에. 추웠지?"

오사나이의 도움을 받아 침대로 돌아갔다. 몸이 꽁꽁 얼어붙어 있었는데 오사나이가 앉아 있던 자리가 따뜻해서 조금 기뻤다.

테이블 위에는 물이 든 꽃병과 입원해 있는 동안 기록한 공책이 놓여 있었다. 그 공책을 바라보며 말했다.

"히사카하고 얘기를 나눴어."

"다행이네."

"히사카, 내가 자기 일을 떠올리며 걱정한다는 걸 알고 있었어. 오사나이한테 그런 말은 하지 않았을 텐데."

말하고 자시고, 애초에 나는 수면제 때문에 오사나이와 한마디도 나누지 못했다. 오사나이가 그런 상황에서 내가 히사카를 회상하고 있다는 사실을 알 수 있는 방법은 하나뿐이다.

"내가 쓴 공책, 봤구나?"

오사나이는 눈을 동그랗게 떴다.

"나한테 보여주려고 쓰는 줄 알았어."

"그런 건 아니었는데……."

나는 그저 내가 무슨 짓을 했는지 알고 싶었을 뿐이다.

"하지만 읽을 걸 상정했잖아?"

뭐, 그건 그렇다. 그렇지 않았다면 드라이플라워 꽃병에 수면제가 든 물을 버리는 데 실패했을 때 이 공책을 써서 오사나이와 연락을 취하지 않았을 것이다.

나는 침대 위에서 갈비뼈 통증이 허락해주는 범위에서 고개를 숙였다.

"고마워, 오사나이. 히사카를 불러줘서 기뻤어. 이야기를 나눌 수 있었던 것만으로도 기뻤는데, 그 녀석은 위험에서 날 구해주기까지 했어."

오사나이가 가슴에 손을 얹었다.

"정말 깜짝 놀랐어. 무서웠어."

"오사나이가 히사카를 찾아준 덕분이야. 용케 찾아냈네."

그렇게 묻자 오사나이가 고개를 저었다.

"그거라면 도지마한테 고맙다고 해. 히사카…… 아니, 지금은 성이 바뀌어서 미우라인데, 그 애를 찾아준 건 도지마야. 고바토가 부탁했다고 하던데."

……확실히, 부탁하기는 했다.

"하지만 거절당했는데."

오사나이가 고개를 갸웃거렸다.

"도지마는 그렇게 말하지 않던데. 문병을 못 가서 미안하다고 했어."

히사카의 소식을 조사해달라고 부탁했을 때 그 자리에서는 거절해놓고 역시 마음에 걸린 모양이다. 겐고답다고 한다면 이보다 더 겐고다운 행동도 없다.

"그렇구나. 고맙다고 전해줄래?"

"빨리 나아서 직접 말해."

노력한다고 치료 속도가 달라지는 건 아니지만, 그렇다, 빨리 나아야지.

오사나이가 테이블 위에 놓인 공책을 집었다.

"삼 년 전 뺑소니 사건은 내게도 무참한 실패였어. 고바토도 그 사건의 진상이 결국 어땠는지는 조사하지 않았구나."

히사카를 친 나가하라 다쿠마가 어디 사는 누구였는지, 하늘색 박스형 경차가 어디로 사라졌는지, 분명 나는 조사하지 않았다. 오사나이도 그랬던 모양이다. 삼 년 전의 우리는, 우리가 풀지 못하는 수수께끼가 있다는 사실이 무서워서 그 방범 카메라에서 계속 눈을 돌리고 있었다.

하지만 지금은 이렇게 말할 수 있다.

"아마 굉장히 단순한 방법이었을 거야. 나가하라 다쿠마였지? 히사카를 친 범인은 아르바이트생이었어."

"응. 신문에 그렇게 적혀 있었지."

"편의점 점원이었을 거야."

오사나이의 눈에 또렷하게 진지한 빛이 감돌았다.

"……무슨 뜻이야?"

"히사카를 친 자동차는 당연히 찍혀 있어야 할 '나나쓰지 야마치 점' 방범 카메라에 찍히지 않았어. 이유가 뭘까? 그런 생각이 잘못이었던 거야. 그 영상에는 지금 생각해보면 명백하게 이상한 점이 있었어."

오사나이가 고개를 갸웃거리며 천장을 노려보았다.

"이젠 잘 기억이 안 나."

"정확히 말하면 이상이 없는 게 이상한 거야. 유턴할 장소가 없는 이상 사고 현장을 통과하는 자동차는 전부 그 카메라에 찍혀야 해. 그런데 영상에는 일반 차량밖에 없었지."

오사나이가 손바닥을 탁 쳤다.

"정말이네. 중학생 오사나이, 이 바보."

사고 현장에는 히사카가 쓰러져 있었고, 에이코 씨가 휴대전화로 신고를 했다. 히사카는 병원에 실려갔고, 현장에는 경찰이 서둘러 출동했다. 특히 경찰차는 여러 대 갔을 것이다.

그날 제방도로 위에서 유턴은 불가능했고, 뺑소니 현장으로 가거나 그 자리를 벗어나는 차는 반드시 그 편의점 방범 카메라에 찍힌다는 것은 우리가 직접 꼼꼼히 확인한 사실이다. 긴급 차량이라는 이유로 무리한 유턴을 시도하지 않았다는 것은 후지데라가 봐서 안다.

다시 말해 그 녹화 데이터에는 구급차나 경찰차가 찍혀 있었어야 했다.

그런데 찍혀 있지 않았다는 것은 결국 영상이 가짜였다고 생각할 수밖에 없다. 사고가 발생한 6월 7일의 데이터는 아소야가 우리 눈앞에서 복사본을 만들어주었다. 그것이 가짜였다는 말은 애초에 원본 데이터가 조작되었다는 뜻이다. 내 기억이 맞다면, 녹화 날짜는 분명 파일명에만 표시되어 있고 동영상 안에는 시간 표시만 있었다. 파일명만 바꾸는 거라면 그리 어렵지 않았으리라.

나는 그 제방도로를 전체 9킬로미터에 이르는 커다란 밀실로 생각했다. 정말 밀실이 성립하는지, 열쇠도 확인하지 않고 추리 게임에 빠져 있었던 꼴이다.

"나가하라 다쿠마는 편의점 '나나쓰야마치 점' 점원이었어. 그 가게 사무실에는 점원 외에는 들어갈 수 없다고 했어. 그렇다면 점원은 들어갈 수 있었던 거야. 범인은 아마도 그 가게 방범 카메라에 제방도로를 오가는 자동차가 한 대도 빠짐없이 찍힌다는 사실을 알고 있었고, 뺑소니 사고를 일으킨 뒤에 자기 자동차가 찍힌 영상과 다른 날 영상의 파일명을 바꿔치기했을 거야. 뺑소니를 저지른 직후에 자기 차가 찍힌 데이터가 있다는 게 두려웠겠지."

나는 한숨을 한 번 내쉬고 말을 이었다.

"이야기를 들은 아소야가 대번에 사건을 해결한 것도 이해가 가. 구급차나 경찰차가 찍히지 않았다니 이상하다고 생각하기도 했겠지만, 더 단순하게 사고 이후 나가하라 다쿠마의 행동이 수상하다고 느꼈거나 어쩌면 파손된 자동차를 봤을지도 몰라."

삼 년 전 폐쇄 공간의 수수께끼는 이것으로 풀렸다. 오사나이는 분명 옳다. 삼 년 전의 나는 모든 의미에서, 바보였다.

오사나이가 봉봉 쇼콜라 상자의 이중 바닥을 열었다. 작은 도청기를…… 오사나이가 주장하는 바에 따르면 무전기를 꺼내 다운 코트 주머니에 넣었다. 이제 더이상 훔쳐 들을 필요는 없다.

그런데 다운 코트를 보다가 생각이 났다.

"아까 히사카 에이코 씨한테 뿌린 건 뭐였어?"

그거, 나도 조금 들이마셨는데. 오사나이가 태연하게 대답했다.

"후춧가루. 해롭지는 않아."

"재채기가 나서 부러진 갈비뼈가 아팠어."

"미안해."

"후춧가루는 왜 갖고 있었어?"

오사나이가 나를 힐끔 쳐다보았다.

"간호사가 고바토에게 약을 먹인다는 건 짐작하고 있었어. 적진에 뛰어드는데 경계하는 건 당연하잖아? 정말 해머를 가져올 걸 그랬다고 생각했을 정도인데."

"이제 알겠네."

그 대비는 성과를 거두었고 우리는 위험을 모면했다. 히사카 에이코 씨는 우리를 궁지에 몰아넣었지만 결과적으로 무슨 짓을 했는지 자기 입으로 동생에게 폭로한 꼴이 되었다.

"……응?"

"어? 왜 그래?"

설마. 설마 아니겠지만, 살짝 눈치채고 말았다.

"오사나이, 나를 친 뺑소니범 때문에 화가 나 있었구나."

어둠 속에서 오사나이가 눈썹을 바짝 치켜세웠다.

"당연한 소리."

응. 나도 결코 관대한 마음은 가질 수 없었다.

"에이코 씨는 마음속 어딘가에서 체포를 각오하고 있었던 것 같아. 나를 영원히 병실에 가둬두기란 불가능하고, 죽일 수도 없었으니까. 하지만 에이코 씨에게 자기가 저지른 짓을 동생이 전부 알게 되는 건 체포당하는 것보다 훨씬 나쁜, 가능성 중에서는 최악의 결과가 아니었을까?"

오사나이가 고개를 까딱 끄덕였다.

"그럴 거야. 히사카…… 미우라를 보고 세상이 무너진 듯한 표정을 지었으니까."

"후련해?"

"후련해."

거기까지 말하고 오사나이는 자기를 가리켰다.

"어? 고바토, 설마 내가 계획했다고 생각해?"

오사나이는 히사카를 만났으니 그 누나가 기라 시민 병원에서 일하는 간호사라는 말을 들었어도 이상할 것 없다. 그 정보와 병원 안에서 누가 내게 수면제를 먹이고 있다는 추측을 연결해보면 히사카 에이코 씨를 의심하는 것은 오히려 당연한 흐름이다.

아니면 더 단순하게, 오사나이는 병실 밖에서 규칙대로 이름표를 단 히사카 에이코 씨를 본 건지도 모른다. 다만 그 경우에는 아무리 내가 자고 있었어도 어떻게든 간호사의 정체를 알려주었을 거라고 믿고 싶지만.

그리고 나는 이런 생각도 했다.

"범인에게 최악의 결말이라는 건, 오사나이에게는 최고의 복수였을지도 모르겠네."

오사나이는 내 의혹을 코웃음으로 넘겼다.

"그럴 리가. 범인이 오늘밤 여기에 온다는 걸 내가 어떻게 알았겠어?"

"하지만 불을 켜도록 유도해서 내가 깨어 있다는 걸 밖에서 알도록 한 건 오사나이였잖아."

"어두워서 위험하다고 생각했을 뿐이야. 게다가 미우라가 늦게 도착할 걸 미리 알 방법도 없었고."

만약 제때 왔다면 히사카는 오사나이와 함께 이 병실에 왔을 것이다. 그리고…… 누나와 맞닥뜨렸을 것이다.

"히사카하고 누나를 만나게 하면 재미있겠다고, 그런 생각을 조금도 하지 않았다는 거야?"

오사나이는 허리춤에 손을 얹고 나를 쏘아보았다.

"고바토, 사람을 뭘로 보는 거야?"

"미, 미안."

"당연히 그렇게 생각했지."

나는 침대 위에서 웃었다. 오사나이는 왜 웃느냐는 듯 눈썹을 실룩거렸지만 이윽고 같이 웃음을 터뜨렸다.

오사나이에게 창문을 열어달라고 부탁했다. 몸은 아직 차가웠지만 바깥 공기를 마시고 싶었다.

몰랐는데 근처에 절이라도 있는 듯했다. 어디선가 종소리가 들려왔다.

"나는 말이야."

무슨 뜻이 있어서는 아니고 그냥 말했다.

"히사카 에이코 씨가 나를 죽이지 않은 게 겁쟁이라서는 아닌 것 같아. 에이코 씨는 나를 평범하게 간호해줬어. 위험했던 건 딱 두 번, 머리를 감는데 목에 수건을 너무 세게 둘렀을 때하고, 처음 휠체어 탈 때 바퀴를 고정하지 않았을 때뿐이었어. ……에이코 씨는 간호사로서, 직업 정신 때문에 환자에게 해를 가할 수 없었던 게 아닐까?"

오사나이가 침대 가장자리에 걸터앉아 창밖을 바라보며 말했다.

"지금 고바토의 심리를 뭐라고 부르는지 알 것 같아."

"센티멘털리즘?"

"스톡홀름증후군."

쓴웃음을 지을 수밖에 없었다. 뭐, 히사카 에이코 씨는 단순히 의료사고를 피하고 싶었던 것뿐이리라.

그래도 한 가지, 기묘한 점이 있다.

히사카 에이코 씨는 나를 차로 친 이튿날 아침 출근해서 내 담당 간호사가 되었다는 사실을 알았다고 했다. 하지만 나는 그전에, 사고 후 혼미한 정신으로 "이건 죗값이야"라는 말을 들었다.

시간 순서로 볼 때 그 말을 한 사람은 히사카 에이코 씨가 아니다. 그렇다면 누구였을까?

……그 누구도 아니었으리라. 굳이 따진다면, 내 목소리였을까?

어딘가 멍한 머리로 생각했다. 히사카 에이코 씨는 앞으로 어떻게 될까. 경찰에게도 그 뺑소니 사고가 나를 의도적으로 살해하려 했던 살인미수 사건임을 시인할까?

에이코 씨는 자기 인생도 지키고 싶었다고 했으니 전부 고백하고 깔끔하게 복역하느니 최대한 변명을 해서 단순한 도로교통법 위반으로 축소시키려 할 것 같다.

만약 경찰이 에이코 씨의 살의를 눈치챘다면, 나는 조사

겨울철 한정 봉봉 쇼콜라 사건 (하)

과정에서 그것을 부정하지는 않을 것 같다. 하지만 그렇지 않다면 먼저 나서서 에이코 씨가 나를 노리고 있었다고 밝힐 일은 없을 것이다.

살해당할 뻔한 공포를 잊을 수는 없지만, 그럼에도 역시, 아마도…… 내게 에이코 씨의 죄를 규탄할 자격은 없을 테니까.

차가운 바람이 상쾌했다. 오사나이가 머리카락을 살짝 매만지며 내게 물었다.

"……다 나으면 어디 가고 싶은 곳 있어?"

내가 혼자 돌아다닐 수 있게 될 무렵이면 오사나이는 분명이 거리에 없을 것이다. 그러니 이것은 데려가주겠다는 말이 아니라 단순한 질문이다. 나는 고민해보았다. 미야무로 선생님이 똑같은 질문을 했을 때는 휴대전화 가게에 가고 싶다고 대답했다. 그때는 다른 생각이 들지 않았지만, 서둘러 연락해야 할 용건은 오늘밤 마무리되었다. 그렇다면 가보고 싶은 곳이 있다.

"'앨리스'일까. 딸기 타르트를 사고 싶어."

예상도 못한 대답이었는지 오사나이가 조금 놀라는 눈치였다.

"어?"

"오사나이가 추천해준 디저트 중에서 그걸 못 먹어봤어. 분명 맛있겠지."

오사나이가 살짝 눈웃음을 지었다.

"……응. 해마다 조금씩 맛이 다르지만, 항상 굉장히 맛있어. 온통 딸기 범벅이야."

"하다못해 '딸기가 한가득'이라고 말해주겠어?"

봄철 한정이었던 '앨리스'의 딸기 타르트는 재작년 봄, 오사나이의 눈앞에서 도둑맞고 말았다. 정확히는 타르트를 앞 바구니에 넣어둔 자전거를 도둑맞았다. 그 사건으로, 오사나이는 입학한 지 얼마 되지도 않아 소시민이 되자는 우리의 맹세를 깨고 말았다. 뭐, 그때는 나도 요모조모 거들었으니 남 말 할 처지는 아니다.

몸은 차가워도 머리는 뜨거웠던 모양이다. 바람이 이마를 어루만지니 문득 졸음이 찾아왔다.

"그리고…… '세실리아'에도 가고 싶어. 파르페에 도전할 거야."

여름철 한정 트로피컬 파르페는 내게는 벅찬 사이즈다. 하지만 분명 '세실리아'에는 평범한 크기의 파르페도 있었다. 오사나이가 조금 염려스러운 기색으로 물었다.

"파르페, 괜찮아?"

2학년 여름 사건 이래로 나는 파르페가 거북했다. 하지만 슬슬 극복해도 될 만큼 시간이 지났다.

"괜찮을 거야."

그렇게 말하면서 나는 파르페가 거북하다는 얘기를 오사나이에게 했던 적이 있었나, 기억을 더듬어보았다. 말한 적이…… 없는 것 같다……. 하지만 오사나이가 알고 있는 이상 분명 어디선가 말했을 것이다.

봄이 가고, 여름이 가면, 나는 얼마나 치유되어 있을까? 가을쯤이면 목발 없이도 걸을 수 있을까?

"'벚꽃 암자'의 구리킨톤은 반드시 먹으러 갈 거야. 그건 인식이 바뀔 만큼 맛있었어."

오사나이가 조금 난처한 표정을 지었다.

"마음에 들었다니 기뻐. 하지만 밤은 맛있는 해도 있고 떫은 해도 있으니 조금 아쉬운 맛이라도 실망하지 마."

"그럼 이듬해를 기대해야지. 분명 언젠가 맛있는 해도 올 테니까."

"그러네."

칠기와 주단이 연상되는 검은색과 붉은색 기조의 '벚꽃 암자'를, 아마 나는 혼자 찾아가겠지. 어쨌거나 재수생이니 참고서와 공책을 가져갈지도 모른다. 아니면, 그 맛있는 구리킨톤을 공부하면서 먹는 건 너무 운치 없을까?

종소리가 들린다. 오사나이가 침대에 앉은 채로 시트 위에 한 손을 얹었다.

"……있지, 고바토, 많은 일이 있었지."

그러게.

"고등학생도, 이제 끝나가네."

그러게, 이제 끝이야.

우리는 고등학교에 들어오면서 호혜 관계를 맺고, 소시민이 되겠노라 약속했다. 하지만 그 약속은 시간과 함께 빛이 바래 보다 온당하고 타당한 개념으로 바뀌었던 것 같다. 어쩌면 그것은 우리가 스스로를 조금씩 받아들인 발자취인지도 모른다. 이번에 있었던 히사카 에이코 씨 문제, 겨울철 한정 봉봉 쇼콜라 사건을 통해 뼈저리게 깨달았지만 나는 결국 자신을 별로 좋아하지 않는다. 영악하게 휘두른 지혜의 칼날이 누군가의 가슴을 후벼 파도, 그 상처에서 튄 피가 내 손에 묻은 것만 한탄했다. 그런 나를 어떻게 좋아할 수 있을까. 하지만 그래도…… 스스로가 창피해도 자신을 받아들이는 수밖에 없다. 앞으로는 이제, 혼자니까.

오사나이가 말했다.

"고바토. 삼 년 중에 가장, 이것만은 절대 잊지 못하겠다 싶은 순간은 언제였어?"

뭘까.

가장 먼저 머릿속에 떠오른 것은 내게 돌진하는 자동차와, 시야를 가득 메운, 겨울 하늘에 무겁게 깔린 구름이다. 하지만 이것은 분명 언젠가 잊을 것이다.

내가 대답을 못하고 있자 오사나이가 창밖을 보며 말했다.

"나는 말이야, 지금이야."

종이 울린다. 졸음이 스르르 다가왔다.

오사나이가 일어나서 창문을 닫았다. 역시 조금 추웠던 모양이다. 오사나이는 그대로 시계를 보았다.

"그럼 난 갈게."

"응. 고마워."

"……입시, 아쉽게 됐네."

그러고 보니 그랬다. 너무 많은 일로 잊고 있었는데 내 대학 입시는 이미 끝나버렸다.

"뭐, 느긋하게 공부해야지."

그렇게 말하자 오사나이가 살짝 의미심장하게 웃었다.

"고바토는 어느 대학에 갈 생각이었어?"

"나고야였어, 가까우니까. 하지만 지망 대학도 다시 찾아봐야지."

"난, 교토가 좋을 것 같아."

뜬금없다. 깜짝 놀라서 아주 조금 졸음이 달아났다.

"왜?"

"내가 교토에 있는 대학에 갈 거니까."

뭐야. 나는 살짝 숨을 토해냈다.

"그래. 붙으면 알려줘. 축하 메시지 정도는 보낼 테니까."

"안 가르쳐줄 거야."

오사나이가 침대 가장자리에 손을 얹었다.

"고바토는 아까 나를 매정한 음모꾼처럼 말했지? 나, 마음
에 상처를 입었어."

"······뭘 그렇게까지."

"게다가 좀처럼 의식이 돌아오지 않아서 나를 몹시 불안하
게 만들었어. 그러니 그 죗값을 치러야 할 거야. 내년에 고바
토가 올 때까지, 교토에 미로를 만들어둘게."

고요한 밤에 오사나이가 키득키득 웃었다. 나는 눈도 간신
히 뜨고 있었다.

"맛있는 가게도 찾아놓을게. 그러니까 꼭 나를 찾아내. 그
러면······ 마지막 한 알을 줄 테니까."

오사나이가 내 머리맡에서 마지막으로 남은 봉봉 쇼콜라
한 알을 꺼내 입에 쏙 넣었다. 나는 또다시 거역하기 힘든 졸

겨울철 한정 봉봉 쇼콜라 사건 (하)

음에 사로잡혔다. 약 때문이 아닌, 자연스러운 잠기운에.

"잘 자, 고바토. 나의 차선次善. 네가 살아 있어서 다행이야. 몸조리 잘해. 그리고 새해 복 많이 받아."

눈이 감긴다.

깊은 밤 저편에서, 종소리가 들려왔다.

해설

고바토, 침대 생활을 하다

마쓰우라 마사토

고바토와 오사나이라는 두 고등학생의 청렴하고 얌전한 소시민이 되고자 하는 마음가짐에서 시작된 탐정 이야기도 마침내 대단원을 맞이했습니다. 두 사람이 고등학교에 들어와서는 새사람이 되려 했던 2004년『봄철 한정 딸기 타르트 사건』을 시작으로, 고등학교 2학년 여름방학의 파란을 그린『여름철 한정 트로피컬 파르페 사건』(2006), 같은 해 가을부터 일 년에 걸친 두 사람의 발자취와 연쇄 방화 사건을 뒤쫓는『가을철 한정 구리킨톤 사건』(2009)*을 거쳐, 계절 한정 디저트의 이름을 딴 장편 4부작은 고등학교 3학년 겨울 이야

---

* 모두 김선영 옮김, 엘릭시르 펴냄.

기로 피날레를 맞이합니다.

『가을철 한정 구리킨톤 사건』 발표로부터 십오 년의 세월을 인내한 팬 여러분, 오래 기다리셨습니다. 연작단편집『파리 마카롱 수수께끼』(2020)로 잠시 숨통은 트였지만 기다리느라 애가 탔겠지요. 재미는 물론이지만 심각하기도 한, 절대 후회 없을 신작입니다. 두 사람의 첫 만남에 대한 기록도 (이렇게 표현해도 될지 모르겠지만) 확실하게 실려 있습니다. 부디 만끽하시길.

그리고 『흑뢰성』(2021)*과『가연물』(2023)**이라는 최근 작품으로 요네자와 호노부를 알게 되신 분들께. 이건 미스터리로서 실로 놀라운 수작입니다. 마지막에 휘몰아치는 진상 규명 장면의 훌륭한 박력은 산뜻하면서도 가슴에 오래 머무를 진한 감정을 남깁니다. 이렇게 힘이 깃든 작품을 놓칠 수는 없지요. 한 가지 주의를 드린다면, 시리즈 첫 작품『봄철 한정 딸기 타르트 사건』만은 먼저 읽어보시는 게 좋습니다. 이 작품에는 배경지식을 갖고 읽어야 참맛을 느낄 수 있는 장치가 숨겨져 있으니까요. 그걸 놓치면 아깝지 않겠습니까?

---

* 김선영 옮김, 리드비 펴냄, 2022.
** 김선영 옮김, 리드비 펴냄, 2024.

그건 그렇고, 이 『겨울철 한정 봉봉 쇼콜라 사건』의 도입부는 제법 충격적입니다.

크리스마스를 앞둔 늦은 오후, 고바토와 오사나이는 눈이 쌓인 제방도로 옆 좁은 인도를 추위에 떨며 걷고 있었습니다. 너무나 평온한 한때였지만 달려오는 자동차에 고바토가 뺑소니 사고를 당하고 맙니다. 바로 구급차에 실려가지만 다섯 시간 가까이 의식을 잃고, 오른쪽 넓적다리뼈가 부러지고, 갈비뼈에 균열 골절도 보이는 중상이었습니다. 의사는 퇴원까지 길면 두 달, 목발 없이 다닐 수 있을 때까지 또한 길면 반년 정도 걸린다고 말합니다. 그리고 또 한 가지, 당장 다음달에 있는 대학 입시를 치르지 못하게 되었다는 사실도.

『가을철 한정 구리킨톤 사건』에서 고바토는 이미 4월부터 수험 공부를 시작했습니다. 도서관에 가서 수험 문제를 풀어보고 진짜 입시까지 "앞으로 아홉 달. 무한하게 느껴질 만큼 긴 시간이지만 이 또한 지나갈 것이다. (……) 고등학교 삼년 세월도 당연히 끝날 것이다. 안다. 알고는 있지만 뭐랄까, 갑자기 시간이 영원히 순환하지는 않을까? 그럴지도 모르니 이다음 공부는 그때 하자"라면서……. 정말, 뭐라고 해야 할까요. 그때는 스스로에게 야유하듯 공부를 접는데, 설마 이런 형태로 '순환'이 실현될 줄은 몰랐겠지요.

그런 고바토에게 식사부터 배설, 청결 유지, 통증을 다스리는 방법까지, 입원 생활의 모든 것은 난생처음 겪는 일입니다. 물론 당사자로서는 받아들일 수밖에 없는 현실이지만, 담당 의사와 간호사의 도움까지 받아야 하니 그야말로 경험해보지 않으면 모를 일투성이입니다. 사실적으로 펼쳐지는 생생한 세부 묘사를 읽다보니 입원 경험이 없는 저는 어느새 잔뜩 오그라든 채로 그 상황을 지켜보는 기분이 들었습니다.

당사자인 고바토는 몸을 뒤척이는 것조차 금지당합니다. 아아, 그래요. 시리즈의 탐정이 병원 침대 위에 누워서 진저리를 치며 천장을 노려보는 장면으로 시작하는 미스터리가 있었습니다. 1951년에 발표한 조지핀 테이의 기념비적 명작 『시간의 딸』*입니다. 탐정은 앨런 그랜트 경감으로, 범인을 추적하다가 맨홀에 빠져서 부득이하게 입원 생활을 합니다. 그러다 우연한 계기로 리처드 3세의 악명에 의혹을 품고 문헌만을 토대로 역사적 사실을 뒤집는 시원한 담론을 펼칩니다. 이 과정이 참으로 유쾌해서, 이처럼 시리즈의 탐정이 '침

---

* 권도희 옮김, 엘릭시르 펴냄, 2014.

대 탐정Bed Detective'이 되어 역사 속 수수께끼에 도전한다는 설
정은 훗날 다카기 아키미쓰의 『칭기즈 칸의 비밀成吉思汗の秘密』
(1958), 콜린 덱스터의 『옥스퍼드 운하 살인사건』(1989)*이
라는 작품들을 낳았습니다.

요네자와 호노부는 기초 자료만으로 과거의 특정 인물의
본모습을 파헤치는 걸작이자 '고전부' 시리즈 첫 번째 작품
인 『빙과』(2001)**로 데뷔한 작가입니다. 그렇기에 역사 미
스터리에 대한 관심도, 작품을 써내는 실력도 넘칠 만큼 갖추
고 있다는 점에는 의심할 여지가 없습니다. 하지만 『겨울철
한정 봉봉 쇼콜라 사건』은 그런 종류의 미스터리가 아닙니
다. 어째서일까요? 제 생각에 이것은 침대 탐정의 초심과 상
관이 있습니다. 초반부터 휴식중에 나누는 수다가 전면에 드
러나는 다카기 아키미쓰 작품을 제외하면, 조지핀 테이와 콜
린 덱스터의 작품 속 주인공은 직업 경찰로, 거동을 하지 못
하면 직무를 수행하지 못합니다. 그러다 우연히 역사 속 수수
께끼가 굴러들어와 기분 전환 삼아 문헌을 찾아보기로 하고,
평소와 달리 마음먹은 대로 되지 않는 상황인데도 그랜트 경

---

* 이정인 옮김, 해문출판사 펴냄, 2004.
** 권영주 옮김, 엘릭시르 펴냄, 2013.

감은 "몸에 밴 경찰관의 눈"*으로, 모스 경감은 가설을 구축하는 경이로운 능력으로, 그들이라면 해내고도 남을 활약(추론)을 보여줍니다. 다시 말해 '우연히' 입수한 재료를 앞에 두고 '탐정으로서의 본모습'을 보여주는 과정에 두 작품의 본질이 있다고 봅니다.

그렇다면 고바토의 경우는 어떨까요? 문병하러 온 둘도 없는 친구 도지마 겐고의 이야기로부터, 그는 삼 년 전에도 같은 길에서 뺑소니 사고가 있었다는 사실을 기억해냅니다. 차에 치인 것은 고바토와 같은 반 친구였던 히사카 쇼타로인데, 겐고의 말에 따르면 그 히사카는 자살했다는 것 아니겠습니까? 수험생인 친구에게는 그 소문이 사실인지 확인해달라는 부탁도 하지 못한 채, 크나큰 갈등에 직면한 고바토는 침대에서 홀로 중학교 3학년 여름의 기억을 풀어나갑니다. 아무리 봐도 지루함을 때우려는 행동이라고 하기는 어렵지만, 수수께끼 풀기를 좋아하는 성격 때문이든, 그 탓에 지니게 된 죄책감 때문이든 결코 잊을 수 없는 기묘한 사건과 그 조사 과정을 둘러싼 전말을 말이지요.

제 생각이 제대로 전달되었을까요? 전형적이지는 않지만

---

* 「시간의 딸」 일본어 역자가 후기에서 언급한 표현.

이 작품 역시 침대 탐정의 초심에 관한 작품입니다. 물론 핵심은 그것이 어떤 결실을 맺는가 입니다. 그런 점에서 컷백 기법으로 사이사이에 끼워 넣은 기나긴 회상은 이 시리즈, 그리고 미스터리 특유의 재미로 가득 차 있습니다. 구체적으로 짚어봅시다.

첫 번째로 막연한 뺑소니 사건에 지나지 않았던 일이 차츰 윤곽을 뚜렷이 드러내는 과정이 매끄럽습니다. 탐정으로 나선 고바토는 중학생입니다. 카페에서 이야기를 듣거나 밤에 외출하려면 미성년자 단속을 염두에 두어야 합니다. 자동차 정비소에 문의 전화도 할 수 없어요. 핸디캡이 있지만 현장에 가서 타이어 자국을 관찰하고, 논리적인 결론을 끌어낼 수는 있습니다. 실제로 미스터리에서 셜록 홈스 버금가는 추론을 접하면 이런 오감과 두뇌의 활동이 매우 즐겁다는 것을 깨닫게 됩니다. 또한 관계자를 찾아가 조사를 거듭하는 과정에서 서서히 밝혀지는, 그날 사건 현장에 있었던 사람들의 행동이 하나하나 이미지로 떠오르니 설레지 않을 수 없습니다.

이것은 작품 중반을 떠받치는 기묘한 수수께끼의 서술 방법도 마찬가지입니다. 전체 그림을 한꺼번에 설명해주지 않는데, 미스터리 애호가라면 그럴수록 점점 집중하게 되는 묘한 성질이 있습니다. 조사가 진행되면서 조금씩 전체가 눈에 보이는데, 올라야 할 산봉우리를 전부 이해했을 때 그 아름답고도 험준한 광경에 감동을 받는 것과 같습니다. 더군다나 서술은 사건 현장인 제방도로를 직접 걸어보고 경로를 검토해서 산에 오를 방법을 알아내는 과정까지 착실하게 밟아줍니다. 고바토가 엉뚱한 경로로 가자고 해도 그것이 현실성이 있는지, (바둑에서 다른 가능성들을 배제하듯이) 까다롭거나 유쾌하게 검토해서 마무리 지을 때 이렇게 구체적인 행동을 수반한 탐정 활동이 얼마나 재미있는지 작가는 아낌없이 알려줍니다.

더군다나, 이 회상 파트는 고바토와 오사나이의 첫 만남에 대한 이야기이기도 합니다. 자신이 누구보다도 지혜롭다고 자처하던 고바토는 공명심에 사로잡혀 뺑소니범을 찾아내려고 탐색하다가 우연히 오사나이를 만나게 됩니다. 두 사람은 처음부터 개성을 아낌없이 드러내서 웃음을 자아냅니다. 서로의 목적을 빠르게 이해하고, 확인하고, 곧바로 '호혜 관계'라는 표현을 찾아내는 건조한 태도를 좀 보시지요. 또한 이 시리즈의 이름이기도 한 '소시민'을 오사나이가 처음으로 입에 담는 장면. 오사나이가 당황하는 모습은 마치 한 편의 역설 같아서 뭐라 말할 수 없는 익살스러움을 자아냅니다. 원인이 된 고바토의 노림수를 생각해보면 소시민이 되고 싶다는

겨울철 한정 봉봉 쇼콜라 사건 (하)

두 사람의 (고등학교 입학 당시) 슬로건은 태어나기 전부터 아이러니한 주장이었던 것 같습니다.

오해가 없도록 첨언하자면 이 파트에는 이 시리즈의 코믹한 탐정 이야기의 매력이 가득 담겨 있습니다. 고바토와 오사나이의 행동을 그려나가는 필치는 언제나 그렇듯 매끄럽지만, 곳곳에서 슬그머니 나오는 웃음을 참을 수 없습니다. 게다가 그들은 이제 만난 지 얼마 되지 않은 사이입니다. 서로의 언동에 익숙하지도 않고, 어떻게 반응해야 할지 조심스레 살피기도 합니다. 두 사람의 관계는 아직 확립되지 않았고, 그 때문에 상대의 행동에 깜짝 놀라는 반응은 굉장히 싱그럽습니다. 이는 과거 이야기에서만 맛볼 수 있는 재미입니다.

하지만 그래도 조금 더 덧붙인다면, 확립되지 않은 관계이기 때문에 두 사람의 미래를 예감하게 하는 미묘한 어긋남을 엿볼 수 있는 순간도 있습니다. 가령, 제5장에서 오사나이가 초등학생처럼 작다는 이유로 신뢰받지 못한 경험을 말했을 때, 고바토는 전혀 알아듣지 못하고 "궤변처럼 들리는데"라고 대답합니다. 그런 건 이해할 수도 없고, 이유가 되지도 않는다는 감각은 참 올바르지만 이런 편견을 가진 사람이 실제로 있다는 것, 그것을 경험함으로써 받는 마음의 고통에 대한 상상력이 이때의 고바토에게는 결여되어 있습니다. 다소 잔

혹할지도 모릅니다. 하지만 "오사나이의 목소리에서 웃음기가 느껴졌다"라는 서글픈 묘사를, 두 사람의 미래를 위해 기억해두고 싶습니다.

자, 회상 파트는 이 정도로 하고 드디어 후반의 전개를 다뤄보기로 할까요. 단, 지금부터는 진상을 언급하지 않을 수 없습니다. 아니, 그 내용을 성대하게 다룰 예정입니다. 부디 본문을 다 읽은 뒤 보시기를.

기다림 끝에 마침내, 제11장에서 진상 규명의 신호탄이 울려퍼집니다.

놀랍게도 규명 대상은 삼 년 전 여름의 수수께끼가 아닙니다. 현재 고바토의 입원 생활, 바로 그것입니다. 규명해야 할 무언가가 거기에 있다고 생각하지 않던 사람들에게는 청천벽력이라고도 할 수 있는 전개일 것입니다. 그뿐이겠습니까. 익숙해진 일상의 배후에서 은밀하게 진행되고 있던 사태, 존재조차 몰랐던 범죄가 고바토와 오사나이의 응수(추리의 연쇄)로 폭로됩니다. 대체 나는 지금까지 뭘 보고 있었던 걸까, 한탄이 나옵니다.

이런 추리소설의 형태에서 저는 한 위대한 선배를 떠올렸습니다. 작가가 경애하고 본보기로 삼고 있다고 『요네자와야 서점米澤屋書店』(2021)에서도 거듭 표명한 아와사카 쓰마오입니다. 어느 작품이라고 집어 말할 수는 없지만 '아 아이이치로' 시리즈를 중심으로 하는 초기 단편들에는 언뜻 아무것도 없는 곳에서 마법처럼 범죄(와 유사한 사건)의 존재를 추리로 백일하에 드러내는 장면을 지닌 명작이 여럿 포함되어 있습니다. 최고의 사례는 《겐에이죠幻影城》 이외의 상업지에 아와사카가 처음으로 집필, 발표한 작품들입니다. 관심 있는 분은 개별적으로 찾아보셔야 하겠지만, 역시 비교 사례가 필요하겠지요. 거기서 떠오른 것이 이 시리즈 첫 번째 작품『봄철 한정 딸기 타르트 사건』입니다.

일상 속의 여러 기묘한 사건에서 고바토와 오사나이가 탐정 활동에 애쓰는 사이, 뒤에서는 어떤 범죄가 진행되고 있었습니다. 고바토는 가느다란 밧줄 위를 건너듯 아슬아슬한 추리의 연쇄로 그 정체를 밝혀냅니다. 유쾌한 일상의 이면에서 그런 일이 벌어지고 있을 줄 상상도 못했던 독자는 강렬한 충격을 받습니다. 아시겠지요? 이것은 이 작품에서도 공통되는 구조입니다. 하지만 요네자와는 여기서 첫 작품과 완전히 똑같은 구조를 꾀했을까요? 아니, 그렇지 않을 겁니다.

『봄철 한정 딸기 타르트 사건』의 고바토는 좋은 의미로나 나쁜 의미로나 객관적인 시선의 소유자입니다. 무대는 평소

활보하고 다니는 고등학교나 동네 주변으로, 거기에서 평소 어떻게 생활하는지는 특별히 의식하지 않아도 느낄 수 있습니다. 그래서 사소한 이변이나 위화감이 생길 때도 안테나만 예민하게 세우고 있으면 감지해서 추리의 단서로 삼을 수 있었습니다.

이 작품에서는 어땠을까요? 중상을 입은 고바토의 컨디션이 평소와 같지 않다는 점은 차치하고라도 지금 있는 장소는 홈그라운드가 아닙니다. 입원해보고 처음 알게 된 병원 생활의 스케줄이나 주의 사항을 익히느라 정신이 없습니다. 회복하려면 당연히 병원 사람들이 하는 말을 유심히 듣고 따라야 한다는 사실을 받아들여야 합니다. 따지고 보면 입원중의 일상은 고바토의 일상이 아니고, 그것을 배워서 익숙해지려는 마음가짐이 고바토의 일상이었던 겁니다. 낯선 환경에서 미지의 규칙을 익히려고 노력하는 사람이 합리적으로 보이는 의사와 간호사의 말을 의심하기란 몹시 어렵습니다. 요컨대 이번에는 아무리 고바토라 해도 입원 당사자의 마음에 생기는 맹점에서 자유로울 수 없었고, 더 나아가 그런 고바토의 감정에 이입해 읽은 사람들도 똑같은 맹점을 나눠 가진 탓에 천지가 뒤집어지는 듯한 충격을 맛보게 됩니다.

다행히 오사나이가 합류한 뒤로 고바토는 손발을 척척 맞

겨울철 한정 봉봉 쇼콜라 사건 (하)

쳐가며 추리를 확인합니다. 수수께끼를 풀고 싶은 고바토가 실력을 발휘하는 순간입니다. 그뿐 아니라 모습을 드러낸 범인과 대치하는 숨 막히는 공방에서, 두뇌 회전은 물론 기지 발휘라는 측면에서도 오사나이와 연계하여(말은 그렇지만 사실은 여우와 늑대의 경쟁일까요?) 위기를 빠져나가는 부분까지…… 그렇습니다, 이것이 그들의 본모습인 것입니다. 입원 생활의 일상이라는 보이지 않는 수수께끼를 앞에 두고 고전한 고바토였지만 마지막에는 탐정으로서의 본분을 되찾고, 두 사람답다는 말밖에 할 수 없는 훌륭한 활약을 선보였습니다. 즉, 침대 탐정의 새로운 무대입니다. 본인들은 그렇게 말할 것 같지는 않지만, 뭐 어떻습니까.

막을 내리기 전에 추리에 관한 중요한 포인트를 한 가지 보충하겠습니다.

제7장의 회상 파트에서 고바토가 뺑소니범은 단순한 사고가 아니라 의도적으로 사고를 낸 건지도 모른다는 가능성을 언급하는 장면이 있습니다. 히사카가 아니라 오사나이가 진짜 표적이었던 게 아닐까 의심하는 겁니다. 그 말에 오사나이가 "그 제방도로로 올라간 건 나도 예상할 수 없는 우연이었어. 그런 나를 노릴 수 있는 사람은 아무도 없어"라고 지당한

반론을 하자 고바토는 곧바로 가설을 철회합니다. 다른 가능성을 배제하는 이 묘사는 조금 무섭고도 인상적인데, 현재 시점의 뺑소니 사건에서 이 반론이 뒤집히기 때문입니다. 마찬가지로 우연히 도로를 걷고 있던 고바토를 범인이 의도적으로 해치려 했으니까요.

오사나이는 "고바토 주장이 맞는다면 뺑소니범은 히사카를 친 뒤에 다시 진짜 표적인 내 쪽으로 돌진했다는 뜻이야. 아니야, 고바토, 그건 성립하지 않아"라고 확실하게 부정하는데, 이 점이 현재의 사건과는 다를 수도 있습니다. 하지만 그럼에도, 아무도 예상할 수 없는 우연한 행동이었다는 사실에는 변함이 없습니다. 논리적으로 보이는 반론을 뒤집은 것은 걸어오는 사람이 고바토임을 깨달은 순간, 범인을 별안간 덮친 살의입니다. 여기에는 어쩌면 애거사 크리스티의 '미스 마플' 시리즈 중 『깨어진 거울』(1962)*의 영향을 찾아봐야 할지도 모릅니다. 순간적으로 불타오른 살의에 사로잡힌 채 과감하게 무기를 들어 피해자를 죽음에 이르게 한 그 인상적인 범인과 어디가 닮았고 어디가 다른지, 그 점은 독자 여러분의 판단에 맡기기로 하고 여기서는 이렇게만 기록해두겠습니다.

---

* 한은경 옮김, 황금가지 펴냄, 2008.

사람의 심리나 인간관계의 오묘함은 때로 추리의 영역에서는 상상도 할 수 없는 곳으로 사람들을 데려가기도 합니다. 혹은 사람의 마음을 이해하고 나서야 비로소 논리로 도출되는 진상의 형태가 갖는 의미를 이해할 수 있는 경우도 있습니다. 이것은 요네자와가 데뷔 이래로 항상 고민하는 주제로 보입니다. 이 작품 곳곳에도 그런 생각이 반영되어 있고, 물론 앞서 서술한 모순(처럼 보이는 것)도 그 일환으로 넣어두었을 것입니다. 논리를 존중하는 추리소설이라고 해서 결코 논리만 읊어대는 건 아니니까요.

　마지막으로 종장에서의 고바토와 오사나이의 모습을 잠시 언급하겠습니다.

　새해 종소리에 귀를 기울이면서 조용히 지난 삼 년의 고등학교 생활을 되돌아보는 두 사람의 모습은 말로 표현할 수 없을 만큼 아름답습니다. 그리운 추억을 되짚어가지만 고바토는 마지막을 각오하고 있습니다. "앞으로는 이제, 혼자니까." 그 한마디에 담긴 고독감에 가슴이 서늘하게 얼어붙었지만 아무래도 오사나이의 마음은 달랐던 것 같습니다.

　생각해보면 『가을철 한정 구리킨톤 사건』의 결말 부근에서 오사나이는 이렇게 말했습니다.

"난 고바토가 최고의 상대라고 생각하지는 않아. 분명 언젠가 더 똑똑하고 다정한 사람하고 만날 기회가 있을 거야. 난 그날이 올 거라고 믿어.

하지만 고바토. 이 동네에 사는 한, 후나도 고등학교에 다니는 한, 백마 탄 왕자님이 내 앞에 나타나기 전에는……. 내게는 네가 차선책이라고 생각해. 그러니까…….'

지금까지의 고바토는 계절 한정품이었습니다. 고등학교 시절이라는 하나의 계절에만 필요한. 하지만 이 작품에서의 경험을 통해 오사나이는 계절이 바뀌어도 조금 더 함께 있고 싶다고 생각하게 된 것 같습니다. 똑똑한 척 여러 말을 늘어놓고 싶지는 않습니다. 어쨌거나 저는 이렇게 생각합니다. 마지막에 자연스럽게 잠에 빠지는 고바토를 "나의 차선"이라고 부르는 오사나이의 목소리는, 분명 세상에 더없이 다정한 목소리였을 거라고.

2024년 3월 19일

참고 문헌

하스누마 쇼타로蓮沼尚太郎, 「제4의 추리소설-제2편第四の推理小説-第二稿」, 《소아죠蒼鴉城》 제6호, 교토대학 추리소설연구회, 1980.

역자 후기

　흔히, 작품에 등장하는 천재 캐릭터의 수준은 작가 본인의 수준을 뛰어넘지 못한다는 말들을 합니다. 작가가 하나의 작품을 통해 본인의 모든 능력을 보여줄 수는 없으니 무조건 옳다고 할 수는 없지만, 어느 정도는 공감이 가는 말이기도 합니다. 그렇다면 독자는 어떨까요? '독자로서의 나는 과연 작가가 전달하고자 하는 주제를, 작가가 설치한 장치들을 백 퍼센트 이해했을까?' 하는 의문이 남습니다.

　작품의 주제 혹은 테마라면 받아들이는 사람의 주관에 따라 감동의 수준이 다를 테고, 애초에 어떻게 받아들일 것인지는 독자의 특권이니 괜찮습니다. 그렇지만 '지적 유희'도 하나의 매력인 작품에서 작가가 가진 '지식'과 동등한 수준의 지식을 갖추지 못했다면, 갖고 있어도 미처 그것을 놓친다면? 사실 무엇을 놓쳤는지도 모를 테니 고민할 필요도 없겠지만, 그것이 좋아하는 작품이고, 그 안에서 뭔가를 놓쳤다는 사실을 알게 된다면 다 읽고 나서도 후련하지 않겠지요.

2024년은 요네자와 호노부 작가의 '소시민' 시리즈를 사랑하는 팬들에게 무척 행복한 한 해가 되었으리라 믿습니다. 작품이 애니메이션으로 제작되면서, 살아 움직이며 목소리를 가지고 말하는 고바토와 오사나이를 만날 수 있었습니다. 국내에도 OTT 서비스를 통해 많은 원작 팬들이 보셨겠지요. 2025년에 공개될 후속편 발표도 있었고, 제가 지금 이렇게 후기를 쓰고 있는 '소시민' 시리즈의 마지막 작품 『겨울철 한정 봉봉 쇼콜라 사건』도 무사히 우리나라에서 출간됩니다.

그런데 출간 준비를 앞두고 한 가지 고민에 빠지게 되었습니다.

그동안 저를 비롯한 대부분의 독자들이 오사나이의 불가사의한 언동을 이해할 수 있었던 건, 그녀의 행동을 보며 친절하게 저희에게 해설해주는 고바토가 있었기 때문입니다. 그런데 이번에 오사나이는 과거에 한 번, 현재 시점에서 한 번, 고바토를 만났을 때 조금 독특한 인사를 합니다. "오와아, 안녕"이라는 대사인데, 이와 똑같은 표현이 하기와라 사쿠타로 萩原朔太郎가 1917년에 간행한 시집에 실린 「고양이猫」라는 작품에 나옵니다. 시 속에서 해당 표현은 두 마리 고양이가 병을 앓는 사람이 사는 집 지붕 위에서 서로 주고받는 인사말로, 즉 "오와아"는 고양이의 울음소리를 나타낸 의성어입니다. 작가에게도 문의해보니 그 시의 인용이 맞다고 확인해주었습니다만, 막상 이 부분을 주석으로 달자니 마지막 순간에 고민이 되었습니다. 그도 그럴 것이, 고바토는 오사나이가 두 번이나 건넨 이 인사를 결국 알아듣지 못했기 때문입니다. 실제로 이 시는 국내에 소개될 때 해당 표현이 "야오옹"으로 번역되었지만, 이 작품에서는 그렇게 옮길 경우 고바토가 그저 조금 특이한 감탄사가 붙은 인사로 받아들이는 소설 속 장면들과 어울리지 않게 됩니다.

사실 고등학생이 된 고바토는 본인의 성격을 반성하고 고치고 싶어 하며 항상 언동을 조심하지만, 오사나이는 그런 고바토를 상대로 가끔씩 퀴즈를 내듯 자그마한 수수께끼들을 던집니다. 이번 작품의 도입부에서 '붕어빵을 천천히 먹은 이유'처럼요. 그렇다면 결국 이 "오와아, 안녕"도 고바토가 과연 풀 수 있을지, 고바토의 수준을 가늠해보려고 던진 수수께끼였을지도 모릅니다. 고바토는 결국 알아채지 못했고, 그것을 작가가 직접 어딘가에서 언급하지 않은 이상 작품의 일부가 되는 주석으로 삽입하는 것은 번역의 영역을 넘어선 과도한 개입인 것 같아 망설여졌습니다. 아름다운 여운을 남기며 본편이 마무리된 '소시민' 시리즈에 역자 후기는 불필요하겠지만, 이런 이유로 부득이하게 편집부에 후기 페이지를 마련해달라 부탁드렸습니다.

재미있는 사실은, 『요네자와 호노부와 고전부』*에서 공개한 오레키 호타로의 책장에 『하기와라 사쿠타로 시집萩原朔太郎詩集』이 꽂혀 있다는 점입니다. 언젠가 오사나이와 고바토의 책장이 공개되는 날이 온다면, 오사나이의 책장에 같은 책이 있지 않을까? 혹은 그 인사를 받은 게 호타로였다면 어떻게 응수했을까? 그런 상상을 해보며 고바토와 오사나이를 다시 만날 날을 기다려봅니다.

2024년 12월

김선영

---

* 김선영 옮김, 엘릭시르 펴냄, 2021.

김선영

한국외국어대학교 일본어과를 졸업했다. 다양한 매체에서 전문 번역가로 활동했으며 특히 일본 미스터리 문학에서 왕성한 활동을 하고 있다. 옮긴 책으로 요네자와 호노부의 '고전부' 시리즈 중 『이제 와서 날개라 해도』, '소시민' 시리즈, 『왕과 서커스』, 『야경』, 『흑뢰성』, 『가연물』, 아리스가와 아리스의 『쌍두의 악마』, 미나토 가나에의 『고백』, 그 밖에 『엠브리오 기담』, 『경관의 피』, 『살아 있는 시체의 죽음』, 『흑사관 살인사건』 등이 있다.

겨울철 한정 봉봉 쇼콜라 사건 (하)

초판 발행 2024년 12월 31일

지은이 요네자와 호노부 ｜ **옮긴이** 김선영

책임편집 김유진 ｜ **편집** 한나래 박을진 김혜정
디자인 표지 이혜경 ｜ **본문** 엄자영 ｜ **일러스트** 박경연
저작권 박지영 형소진 최은진 오서영
마케팅 정민호 서지화 한민아 이민경 왕지경 정유진 정경주 김수인 김혜원 김예진
브랜딩 함유지 함근아 박민재 김희숙 이송이 김하연 박다솔 조다현 배진성
제작 강신은 김동욱 이순호 ｜ **제작처** 인쇄 한영문화사 제본 경일제책사

펴낸곳 (주)문학동네 ｜ **펴낸이** 김소영
출판등록 1993년 10월 22일 제2003-000045호

주소 10881 경기도 파주시 회동길 210
문의 031-955-2637(편집) 031-955-2696(마케팅) 031-955-8855(팩스)
전자우편 elixir@munhak.com ｜ **홈페이지** www.elmys.co.kr
인스타그램 @elixir_mystery ｜ **X(트위터)** @elixir_mystery

ISBN 979-11-416-0152-2 04830
     978-89-546-4025-1 (세트)

엘릭시르는 출판그룹 문학동네의 장르문학 브랜드입니다.

잘못된 책은 구입하신 서점에서 교환해드립니다.
기타 교환 문의 031) 955-2661, 3580